中国散文 60 强

天堂一定很美

彭 程 / 著

图书在版编目（CIP）数据

天堂一定很美 / 彭程著. -- 北京 : 北京联合出版公司, 2024. 8. -- (中国散文60强). -- ISBN 978-7-5596-7825-6

Ⅰ. I267

中国国家版本馆CIP数据核字第20243AE872号

天堂一定很美

作　　者：彭　程
出 品 人：赵红仕
出版监制：张晓冬
责任编辑：龚　将
特约编辑：和庚方　张　颖
封面设计：立丰天

北京联合出版公司出版
（北京市西城区德外大街83号楼9层　100088）
三河市同力彩印有限公司印刷　新华书店经销
字数150千字　650毫米×920毫米　1/16　14印张
2024年8月第1版　2024年8月第1次印刷
ISBN 978-7-5596-7825-6
定价：65.00元

版权所有，侵权必究
未经书面许可，不得以任何方式转载、复制、翻印本书部分或全部内容。
本书若有质量问题，请与本公司图书销售中心联系调换。
电话：17710717619

"中国散文60强"丛书

编委会

丛书总策划

　　张　明　　著名出版人

编委主任

　　邱华栋　　全国政协常委

　　　　　　　中国作家协会副主席、书记处书记

编　委

　　叶　梅　　中国散文学会会长
　　陆春祥　　中国散文学会副会长
　　冯秋子　　中国作家协会原社联部副主任
　　吴佳骏　　《红岩》编辑部主任
　　张　英　　资深媒体人
　　文　欢　　作家、资深编辑

中华散文的文脉与发展

——"中国散文 60 强"总序

邱华栋

中国是诗的国度,亦是散文的国度。

穿越千年时空,从明清至唐宋,再由魏晋南北朝至两汉先秦一路回溯,汉语言文学中的散文实乃根深叶茂,硕果累累。无论是"唐宋八大家"之雄文美文,还是骈俪多姿的辞赋,以及名垂史册的《史记》《左传》,均为中国文学史上的璀璨明珠。"散文"与"诗"一道,成为中国文学的"嫡系"。尽管,后来从西方引进嫁接技术所催生的"小说",大有"喧宾夺主"之势,终究还得"认祖归宗",血脉和基因是无法改变的。

在中国散文流变历程中,曾出现过两次鼎盛期。一次是被文学史家所公认的"先秦散文"时期。其时,伴随着春秋时期的思想解放,诸子蜂起,百家争鸣,一大批散文家以饱满的气血、驳杂的学识和破茧的精神,创造出了散文的繁荣和辉煌局面,对后世产生了极大的影响。

到了"五四"时期,中国散文迎来了第二次鼎盛期。白话文如劲风激浪,吹刮和涤荡着神州大地。沉睡的雄狮醒来了,偃卧的小草开始歌唱。许多学贯中西的进步文人,肩扛文化变革的大纛,冲锋陷阵,掀起了一波又一波的新文学浪潮。《新青年》上刊载的散文,犹如一束束亮光,不但给人以希望,还给人以力量。"五四"以来的散文作品，无论是观念和主题，还是形式和风格，都跟以往的散文迥然不同。最具代表性的，当属鲁迅先生的散文（包括杂文），其刚健、凌厉的文质，疗救了中国散文长久以来颓靡不振、钙质疏流的顽疾。此外，周作人、郁达夫、朱自清、萧红、沈从文等一大批作家的散文创作亦各具特色，呈一时之盛，影响深远。

时代的前行催生了文学的发展，然而文学与时代有时并不同步甚至充满了"张力场"。"五四"的个性解放虽然催生了一批个性鲜明的散文精品，但这样的生态并未持续多久，中国散文的波峰出现了向低谷滑行的趋势。有论者指出，"散文在50年代既是对解放区散文文体意识的放大，又是对五四散文文体精神的进一步偏离。这种放大和偏离表现在个体性情的抒发让位于时代共性或者时代精神的谱写，政治标准优先于艺术标准，批判性为歌颂性所取代等诸方面。"（董健、丁帆、王彬彬《中国当代文学史新稿》）1960年代初，散文创作一度出现了活跃，"专业"从事散文创作的作家群凸显出来，刘白羽、杨朔、秦牧相继登场，迅速成为散文界的三位名家。但他们的作品后人评价褒贬不一，认为其中颂歌式的写法较为单向，这种模式化的写作，不但对散文的建设毫无益处，反而扼杀了散文的个性和神采。

"文革"十年，中国散文更是一片凋零和荒芜，乏善可陈。1970年代末，一些历经浩劫的作家开始复血，解除思想枷锁，重新拿起笔来写作，中国散文才又凤凰涅槃，焕发生机。加之各种文学刊物纷纷复刊和创刊，以及大量西方文化读物的译介出版，更为这些饥渴、桎梏太久的散文作者提供了登台亮相的舞台和瞭望世界的窗口。

1980年代初期，伴随改革开放的热潮，思想解放大旗招展，文化随之繁荣，诸多承续"五四"精神的作家以笔为旗，抒发胸中压抑既久之块垒，出现了一批抒情性质浓郁的散文，使得现代散文这块"百花园"芳菲争艳，蔚为大观。特别是1980年代中期，随着作家主体意识的不断强化，中国文学开始呈现出一个崭新局面，作家从"集体意识"中抽身而出，重新返回"个体"，注重对生活的体察和内在情感的表达。这一时期，散文的艺术性得以强化，文本的精神内涵和表现空间得以拓展。

进入1990年代，社会发展日新月异，城镇化进程锐不可当，文化领域亦呈多元格局。各种文学思潮相互碰撞，人文精神的讨论更是打开了作家们的创作思路。"大散文"概念的提出，引发了散文界对散文的内涵和外延的重新讨论和界定。风靡一时的"文化散文"热，成为文坛上一道靓丽的风景。"新散文""原散文""后散文""在场散文"等散文流派"你方唱罢我登场"，争奇斗艳，各领风骚。

及至二十世纪末，一批深具先锋意识和文体自觉的新锐作家，像一头公牛闯入瓷器店，使散文天地发生了激烈的碰撞和变化，形成一股新的散文潮流，提升了散文的审美品质和精神向度。

纵观1978年至2023年四十多年来，中华大地在"改开"的黄金时代中，社会生活奔涌激荡，各种思潮风起云涌，散文创作更是云蒸霞蔚、气象万千，涌现了众多成就斐然、风格各异的散文作家和具有思想深度、艺术上乘的散文作品。岁月的流水冲走了枯枝败叶和闲花野草，中流砥柱却巍然屹立。时间留住了新时代的散文经典，经典在时间的长河中绽放光芒。以沙里淘金的经典散文向"改开"的时代致敬，是我们不可推卸的责任和义务。

别看散文的门槛貌似很低，要真正写好，却实属不易。优质散文是有难度的写作，它不但需要作者的智识、胸襟、眼界、修养和气度格局；更需要写作者的态度、立场、慈悲、良知和批判勇气。遗憾的是，散文创作繁荣和光鲜的另一面，却是大量平庸甚至低劣之作的泛滥，不但败坏了读者的胃口，而且造成了物质和精神的极大浪费。散文作家层出不穷，散文作品汗牛充栋，可真正能让人记住的散文佳构却凤毛麟角。

散文要发展，文学要前行。发展和前行就要从平庸的樊篱中突围。在突围的过程中，散文作家不可太"聪明"，不可太世故，要永存对文学的敬畏之心。一言以蔽之，散文的尊严来自散文作家的尊严。也可以说，要想散文繁荣，首先需要有一批人格健全，品德高尚，铁肩担道义的散文作家。什么样的人写什么样的文章。特别是写散文，最容易看出一个作家的内在品质和境界涵养。一个人格不健全的人，哪怕他作文的技法再高妙，也很难写出撼人心魄、抚慰灵魂的散文来。作家精神品质的高低，直接决定其作品的精神向度。

为了散文写作的突围和发展，为了建设独具特质的当代散文，也是为了更好地从经典散文中汲取营养，我认为有必要正视和重申一些常识性的思考。高头讲章的理论是灰色的，常识之树却蕤葳常青。

一、作家的个体精神决定散文的优劣。常言道，散文易学而难攻。难在什么地方，不是难在技巧，而是难在作家个体精神的淬炼上。倘若作家的个体精神不够丰富，不够深刻，不够清澈，纵使他手里握着一支生花妙笔，也写不出令人称赞的散文。那么，如何才能做到个体精神的丰富性呢，这就要求作家时时刻刻不背离生活，要知人情冷暖，体察人间百态，关心民瘼，有忧患意识，不要做生存的旁观者。一个冷漠甚至冷酷的人，是不适合从事散文创作的。

二、真诚是确保散文品质的基石。散文创作跟作家的生存经验息息相关，可以说，真正优质的散文，无不牵连着作家的血肉和心性。作家的喜怒哀乐，悲欢离合，都或隐或显地暗含在他的作品中。假如在一篇散文作品中，读者既看不到作者的体温，又看不到作者的态度，那这篇作品或许就是失败的。说明这个作者在他的作品中"说谎"或"造假"，缺乏真诚之心。作家一旦失去真诚，为文必定矫揉造作，作品也必定会失去生命力。因此，真诚是散文的"生命线"，也是"底线"。

三、个性是促进散文生长的养料。人无个性便无趣，文无个性便平质。当下，每年都会诞生数以万计的散文篇章，但能够让人记住，且读后还想读的作品并不多，何故？概在于这些数量庞大的散文，无论题材，还是语感都千篇一律，像是从"模具"中生产出来的，缺乏辨识度。散文要发展，必须要求作家具有"个性意识"。"个性意识"不是标新立异，更不是哗众取宠，而是一种"创新意识"和"审美意识"。但凡在散文创作方面被公认的那些大家，都是"文体家"，他们以自觉的写作实践，开创了散文写作的新路径。不合流俗方能独步致远，推动散文的建设和繁荣。

当然，以上几点并非创作散文的圭臬，谁也没有资格去为散文"立法"。

散文是自由的创造，散文精神即自由精神。我之所以提出来，仅仅是希望引起散文同行们的重视和参考，共同为中国当代散文的发展尽力增光。

我们策划、编选"中国散文60强"（1978—2023）的初衷，旨在对新时期以来的中国散文创作作出梳理、评价和选择，试图精选出风格各异的代表性散文作家，以每位一部单行本的形式，呈现出中国新时期优质散文的大体样貌。此项目的发起人为资深出版人张明先生。多年来，他一直追求做高品位的纯文学书籍，也曾连续多年与中国散文学会、中国小说学会合作，出版年度《中国散文排行榜》和年度《中国小说排行榜》。2023年他策划出版了《中国小说100强》，反响不俗。身处喧嚣、纷杂的环境，能以如此情怀和心力来为文学做如此浩大的工程，不能不令人钦佩！

感谢张明先生邀请我和叶梅、冯秋子、陆春祥、吴佳骏、张英、文欢组成编委会，共同遴选出60位作家。我们在召开筹备会的时候，即将作品的思想性、艺术性、代表性以及影响力作为编选的基本原则。在确定入选作家名单时，我们认真商讨，反复研究，生怕因为各自的眼力、审美和趣味之别，造成遗珠之憾。好在我们的工作得到了作家们的积极回应和鼎力支持，惠风和畅，大地丰饶。

60位入选的作家，既有令人尊敬的文学大家，如孙犁、张中行、汪曾祺、史铁生、邵燕祥、流沙河、刘烨园、宗璞、贾平凹、韩少功、张炜、梁晓声、阿来、冯骥才等。这批散文大家的作品，文风质朴、清朗、刚健，充满了"智性"和"诗性"。无论他们是写怀人之作，还是针砭时弊，歌咏风物，都有着鲜明的文化立场和审美取向。他们或出入历史，借古观今；或提炼人生，洞明世事，输送给读者的都是难能可贵的"精神营养"。

也有被散文界公认的名家，如李敬泽、王充闾、马丽华、周涛、冯秋子、叶梅、筱敏、张锐锋、周晓枫、于坚、鲍尔吉·原野等。这些作家的散文作品，特色鲜明，风格独特，诚挚内敛，从内容到形式，都作出了各自的探索和尝试，为当代散文注入了活力。从他们的作品中，我们不但能够领略汉语之美，更可以借此反观生活与存在，寻找人之为人的价值和尊严。

还有散文界的中坚力量和青年才俊，如彭程、谢宗玉、江子、雷平阳、任林举、塞壬、沈念、傅菲、吴佳骏、周华诚等。从他们的作品中，我们见到的，不只是中国散文的文脉传承，更是自由精神的张扬。他们文心雅正，笔力锋锐，不跟风，不盲从，始终保持着独立的思索和判断，在各自所开辟的散文园地中精耕细作，以崭新的姿态参与和推动当代散文的变革。

其实，细心的读者不难发现，入选本丛书的老、中、青三代作家都有个共性，即他们均在以自己的作品审视心灵，心系苍生，弘扬真善美，鞭挞假恶丑，充满了正义感和人道主义精神。这自然与时下众多书写风花雪月，一己悲欢，充塞小情趣、小可爱的散文区别开来。正是因为有他们的存在，中国当代散文才呈现出一幅绚丽多姿的长卷。

需要说明的是，有些重要的散文家，如张承志、余秋雨、王小波、苇岸、刘亮程、李娟等人，由于版权或其他不可抗原因，未能将他们的作品收录进来，我们深以为憾。

我们还要感谢北京立丰天文化传播有限公司的资金支持，感谢北京联合出版公司的精心编校，他们慷慨和无私的义举，对于繁荣中国当代散文创作、对于赓续中华优秀散文文脉、对于中国新时期的文化积累，均具重大价值和意义，可谓善莫大焉。这套丛书的出版意义将同《中国小说100强》一样，旨在给读者以经典的指引，这既是一项重要的原创文学工程，同时也是助力推动全民阅读和研究传播文化的公益工程。

郁郁乎文哉，中国散文有幸！

是为序。

2024 年 5 月 12 日星期日

（作者为全国政协常委，中国作协副主席、书记处书记）

目 录
Contents

第一辑

002 | 娩

008 | 大事不着急

012 | 停止与开始

015 | 尺　度

020 | 一个人怎样变得衰弱

027 | 破　碎

034 | 急管繁弦

041 | 招　手

045 | 对　坐

050 | 远处的墓碑

058 | 天堂一定很美

第二辑

070 | 在母语中生存

074 | 源头的声音

078 | 语言中的铀

082 | 始终如一的吟唱

087 | 阅读的季节

096 | 大地的泉眼

第三辑

106 | 身边的冬野

110 | 在季节的转角

115 | 头脑中的旅行

122 | 地图上的中国

126 | 哈尼梯田

130 | 梨墨飘香的地方

第四辑

136 | 身边的人们

148 | 周　围

172 | 公园记

188 | 家住百万庄

第一辑

娩

　　已经是第几次拿起笔又放下，这个晚上。将身子向后仰去，竹靠椅发出烦躁的吱吱响声。桌上新打开的一包烟，已经空了四分之一，弹落的烟灰撒在白色塑料布上，撩乱着心境。是个安静的夜晚，只开了小灯，灯光划出了一个淡黄色很柔和的圆圈，将我连同面前的纸和笔框在里面。曾经迷醉于这个姿势的淡淡的诗意，但此刻它消逝殆尽。

　　脑海里依然一片空白。

　　没有一处字迹，洁净的稿纸在灯光下惨白得仿佛一张不怀好意的脸。盯久了，绿色方格像一颗颗眼睛，鬼样地眨动着。抬头望窗外，浓稠的夜色中闪烁着霓虹灯的图案。那里该是一处歌厅，有过多的郁积过剩的精力，在狂放或者缠绵的歌喉中被宣泄被释放。离去时，脚步和表情一样舒展轻松。若是有谁恰好从我的窗下走过，瞥见灯影里枯坐的身影，他会怎样呢，在心里暗笑或是扯一个响亮的呼哨？

　　如果不是自寻烦恼，至少也是不智。不管是哪样都足以让人怜悯。

　　连我都开始怜悯自己了。耗去了整整一个钟头，仅仅为了一个开头,而期待着的那种感觉依然杳如黄鹤。找到了又怎样呢?后面也未必会轻松多少。为了一个独特些的意象,一个尽可能新颖的比喻,或者,一个错宕的句式的安排,一处回环的语气的布设……至少为了对得住自己,为了不至于过后嫌恶地丢弃像扔掉一块破抹布,多少次我把自己全身心地投进去。仿佛一个孩子,刚刚学会几下扑腾,经不起海的诱惑,不知深浅地跳进去,才发现这一大片水体原来那样难于泅渡。我泅渡在语言之流中,苦于没有舟楫。好不容易游到了岸边,感觉到力气几乎耗尽了。

多少次想掷笔离去了。

然而仍然还是稳稳地坐着,逼迫自己,母鸡孵蛋一样地等下去。像过去多少次经历过的一样,只要有耐心,酬报会在某个时刻降临。会有那样的时候,语句相簇拥着纷至沓来,仿佛闪着光亮,而且发出奇异的声响,争先恐后地向笔下涌流。它来去倏忽,你得尽快捕捉,俘获,纳入一个个方格中。那时你会觉得一支笔远远不够用。而散发着新鲜油墨清香的出版物更是带给你微醺般的喜悦:在你的名字下面,密密麻麻的满篇黑字是你的创造。你会觉得它们仿佛键盘上的一个个键,被心的手指轻轻触摸,就会流出歌声来。

多少次好像下足了决心,但在最后时分终于又转回身。是因为这样一种诱惑么?

但辛劳和报偿之间,相去也未免太远了。且不说比起搜索枯肠的窘迫,顺畅的流泻总是少数,仿佛露出汪洋水面的几块可怜的礁石,即便那变成铅字打出名字让人羡慕的所谓成功,究竟又有多大的真实呢?竟日的伏案只换得五分钟的愉悦,接下来又是新一轮的煎熬,看不到尽头地伸延着,只要你仍然固执地不肯辍笔。我有时想到马戏团里驯养来娱人的猴子,在做出某个让主人满意的姿势动作后,会得到一颗糖果,一块点心,一点小小的奖赏,便觉得自己可怜的成功正仿佛这种情境，有些滑稽，更有几分凄凉。我也是一只猴子，被语言戏弄着，表现是我邀功受宠的手段。但猴子至少不能清醒地识破这个圈套，我却能够。这就更惨。

周围人们个个都很飘逸地走动谈笑，置身那一派悠然闲散中，你会奇怪他们脸上居然也会有皱纹。"干吗活得那么累，潇洒些！"这句话仿佛是当下的季节风。他们高声地说着，神态那么自若，以至于让我打消了探询这个词汇的原本意义的念头。谁能怀疑大众呢？既然不想作对，那就跟在他们后面吧。可去的地方多得很呢，哪儿都强似小屋子里的受难。

犹豫过动心过也走出过，但最后总是返回。陪伴一盏灯，一支笔，一沓纸，不变的"三一律"。仿佛有谁在说：你的命运中少不了这幅图案。

于是又一次抓起笔，正襟危坐在灯影里，因为明白了别无选择。

一切都因为那个精灵。我看不见它，却能时刻感觉到它的躁动。它追逐着我，逼迫着我，执拗而顽强。它一次次命令我拿起笔，像暴君役使他的臣民。我极不情愿，却不得不服从。我曾四处张望它的踪迹，在一个寂静的时刻，却发现它原来就藏匿在心中。

我并且念出了它的名字：创造。

多么有声有色的一个词，让人想到天地初始时的一团混沌，想到生命最初的洞穴。我们都从那个洞穴爬出，便宿命般地接受了一份礼品。我们懵懵懂懂地长大，看什么都平淡无奇，任时光的河流载负着，从一处水埠到另一个码头，觉得日子就是这样。但是有一天会忽然颖悟。启示是突如其来的，虽然酝酿也许很漫长。那时就像童话里那道神奇的咒语，一念起，人马上不复是原来的自己。

去创造吧！他听见一个声音在朝他呼喊。

我一定是在那个时候得到这支笔的。我小心翼翼地拿着它，带回我那间狭小阴暗的屋子。从此一支笔支撑起许多的日子。在阳光下，在灯光下，慢慢地写着，只听从自己内心的指令。有时不动声色，有时如醉如痴。白天很喧闹，夜晚很寂静，我用一支笔连接夜与昼，像一尾穿梭于两岸之间的鱼儿。我看见自己的精血慢慢从笔尖流出，流淌成一片黑压压密麻麻的文字。我有时相信我看到了一个人形的物体从字里行间站起来，逐渐地变大，那样子有几分像自己，但显然更加自信和强壮。这当然是错觉，我却宁愿相信它提供的暗示。我在写下文字的同时也提升了自己。

你们用画笔再现世间的色彩的，用琴键奏出优美的曲调的，其实都是我的族类。大家分散在各处，相互间不通音信，却都是听命于同一个君主。像我一样，你们也曾抗拒过，试图保有一份自由，但一旦听出这是自己心的呼喊，你们变得驯顺了。刚才我看到你们还在蹒跚地学步，转眼间却急不可耐地加入了那场名为创造的赛跑。你们狂热地将自己融入进去，变为色彩，化作旋律。生命明亮在画布上，延伸在曲折的五线谱里。

罗曼·罗兰说过：我创造，所以我生存。

原来只需要一句话，就足以廓清整个昏昧的思维疆域，就仿佛要照亮某个幽暗的墙角，一束阳光便够了。这句话让我沉静了一个下午。我看着窗外，没有风，几株草花微微摇动，那是几只蜜蜂在起落。它们小小的忙碌却也在帮助我完成一次觉悟。为什么要加以限定呢，岂止人类，一切生命不都是以创造为最本质的属性么？一朵花的开放，一只蜜蜂的酿造，一个婴孩的诞生，不都同样体现着生生不息的意志？创造是它的另外一个名字。生存着，便要创造，不管是自觉还是无意识，不管是肉体还是精神。创造寄寓在生命中，就像箭之于弓，就像弦之于琴。

我还是要庆幸我属于进化最高级的那一个物种，可以选择适宜自己的方式。我拿起一支笔，将它握在手里。握住一支笔原来就是握住自己的生命，那肢体形骸之外看不见的部分。

慢慢地写，字斟句酌。停下，挑拣字眼，再写，再停下。如果思路常常如一沟滞涩的水，艰难地流动，那么手里的笔仍然是一尾鱼——围在词句的美丽的栅栏中，困于意义的幽暗的网罟内，左奔右突，一尾不自由的鱼儿。

为什么畅达的奔流稀少得仿佛奇迹？

这才算真正地懂得了那句话：最大的痛苦是语言的痛苦。

向你的痛苦臣服吧，不要抗拒，我对自己说。并且还要会意地微笑，从心里。这是神祇的一个圈套，一个诡计。他应允了创造不再是他的专利，但又不肯爽快地出让地盘。在吞吞吐吐半予半夺中，他维持着自己的一点尊严。他在必须经由的路途中布设下许多绊子，然后躲起来，等着看一场热闹。

于是所有的创造都先天般伴随着某种残酷的意味。你想获取么，那首先要交付。一个赤裸裸的经济学等式。太缺乏诗意了吧，但正是它孕育了美好，孕育了诗。就像一株只有半尺来高的新出土的树苗，鲜嫩的枝叶带给人喜悦，但它顶破瓦砾岩石拱出地面的艰辛，却并不常被记起。就像动物界某些族类的繁衍，新的个体的产生要以父辈死亡为代价，孕育的刹那伴随着萎谢。就像那一切创造之母——生命的诞生，在地狱般的撕裂一样的疼痛中分娩出一个新生命，一颗小太阳，一个希望和未来。

那血光和惨叫一定是为了强调和凸显某种意蕴，使它更接近一个仪式。我在想。

一缕淡淡的笑意浮上我的嘴角。为什么要抱怨呢？因为某个机缘，你分得了一支笔，从此它陪伴你，如影随形。你不喜欢喧嚣，又羞于向外人吐露自己，这时这支笔成全了你。你写下自己的热情和悲哀，梦想和谵妄，开始不过是出于一种幽秘的好奇心，还有一点儿自我表现的愿欲。但是有一天你却发现再也无法放下笔，尽管那引起你恶毒诅咒的写作的艰难，依然缠绕着你。

我对自己讲，这些都是值得的。

这不过依旧是那条铁律的显现罢了。虽然形式不同。可创造的神祇并不曾亏待你。你吃进桑叶，又吐出自己的丝，不多也不少。要是你的那一份果然更难堪些，那分明预示着更多的获取，应该感激才是。你因为使用了一支笔，实现了它的使用价值，拿起它时心中常常会有一些自矜的情绪，殊不知应该感恩的正是你。在多少个恍惚的日子如云如烟般飘散后，这支笔让你感受到地面的坚实。连痛苦都是为了确证。就像有的时候，为了相信眼前的情形并非梦境，我们掐痛自己。

如果没有疼痛……一个怯弱的声音仍在迟疑地发问。

我在一段漫长的时间里也曾享受过彻底的轻松。我无思无欲，乐也融融。我挥霍啤酒也挥霍泡沫般漫来又灭去的日子。没有人逼迫我做什么，内心深处那个间或让人不安的声音也久已不闻，我疑心它已经暗哑。这样岂不更好？无须劳心苦志殚精竭虑，我躺在时间的臂弯里像一个幸福的婴孩。直到在某一个深夜的梦里，我看见自己飘飞成一只风筝，悠悠飘滑向一大片泥淖。我惊惶醒来，神色迷乱。

原来我的守护神并不曾离去。它放纵我的滑坠而沉默不语，也是一种别具深意的机智。它懂得代价远比空谈更能令人记取。它让我轻飘恍惚地活过，是为了在适当的时间揭穿一个阴谋。当有一天连最劲烈的歌舞也不能触动末梢神经时，它给我看所谓的轻松潇洒后死亡设下的陷阱：空虚正张开两颚准备好一次吞噬……这时它交给我一支笔，告诉我：创造是消灭死。我接过笔，艰涩地写着，很苦很累，却感觉自己正在成长，开放，枝繁叶茂，纷披如一株夏天的大树。

那么，还抱怨什么呢？

大事不着急

悖论常常反映了事物的本质，世界的真正的模样。庄子笔下的樗树，树干臃肿，枝条卷曲，完全不合乎工匠的要求，因而得以免遭斤斧，自由生长。格拉斯的《铁皮鼓》中的主人公奥斯卡，也正由于是鸡胸驼背的侏儒，在二战的炮火中，才成功地躲过了好几次性命之虞。

有一天我忽然想到一句话：大事不着急。

什么事让我们魂不守舍、心跳加快、血流加速？一篇一个小时内就要写出交稿的新闻特写，报纸就等它付印了；火车三分钟后就要开了，还未到检票口；内急得快憋不住了，却到处找不到厕所……那个时候，那件事就是整个世界。但很快，世界又完整如初，在那件事情做完后。它甚至丝毫不再被想起。它们是急事，但不是大事。

真正的大事是不着急的。开凿一条运河，建造一座城市（"罗马不是一夜间建成的"），绝对着急不得。修筑长城用了几个朝代。有意思的是，卡夫卡在《万里长城建造时》中，将之作为一个隐喻，表达其目标永远无法达到的思想。长城形体的巨大，恰好对应了人类生存的永久的、可悲的困境。从甘地到曼德拉，大事也在另外的维度上展开。让一片土地挣脱桎梏，一个民族当家作主，也远不是几番声明、几次集会能做到的。答案在一双从南到北丈量印度半岛的光脚板里，在那一架手纺车的转动中（我们都见过那幅著名的甘地纺线的照片）。它纺织着次大陆的棉花，也纺织出一幅独立的梦想。答案还在罗本岛上的那间单人囚室中，室内，三十多年的阴暗潮湿；室外，三十多年的潮涨潮落。普通人的个体生命当然无法和这些丰功伟业相比，然而平凡的一生中但凡称得上重要的事，也都是耗费时光的。把一个热爱的女人追成妻子，不是一朝一夕的事；将孩子从一团粉红的肉养育成高大的少男少女，还要小心不让他学坏，要多少个寒暑的操心劳神。

大事有时甚至和体积、数量这些空间范畴并无关系，而表现为一种深刻和纯粹，但大事却注定了和时间结缘。大事不是即时的催逼，而是长久的压迫。是一种苦乐交织的厮守，灵魂的纠缠不去的负担。如果它受到阻碍，那是钝物割肉的疼痛，如果它获得进展，那种喜悦也该像啜饮一杯清茶，而不会是大汗淋漓时痛饮冰镇汽水的畅快。它脱离了庆典、仪式的短暂和喧哗，而和日常的生活相依相偎，也因此具备大地的品性。真正的大事不事张扬，就像真正的劳动者不炫耀掌心的老茧。大事是以工作为发端的一条直线，抵达它的距离很长，它所能延伸的距离就更长，就像夕阳光里，大树和它的影子。它的光荣镌刻在时间里。

不着急，不是不能着急，是着急不得。当然，我们也熟悉这样的话："一万年太久，只争朝夕。"它表明了一种进取态度，张扬了主观意志，但仅仅靠它是不够的。大事的本质决定了我们应取的态度。大事既然是卓越的，超常态的，就需要更多的悟性、心智和体力，更深入更持久的劳动，而这些是着急不得的。它是百年老树，而非那些速生的、用来做一次性筷子的树种。它的长成需要更多的阳光、风和养料。

它有着自己的节奏和周期。佛经称"三界如火宅",情境够危急的吧?但欲求解脱,还得靠修行,而修行是缓慢的功夫。菩提树下佛祖的正觉是一个伟大的寓言。

我想谈谈诗,还有文学。它们是精神生活的大事。

记述这样的"大事记"用得上数字:歌德写《浮士德》花了六十年,曹雪芹创作《红楼梦》耗去的是一生。普鲁斯特用最后二十年的时光,息影绝交,在厚重的窗帷隔出的阴暗和寂静中,达成了与时间的和解。《追忆流水年华》,一个开放在时间深处的花园,芳馥幽雅,同时却具备了最为坚固的金属的性质。几个世纪后,一定还有人在它的旁边,徘徊流连。通过同时间最紧密持久的拥抱结合,作家连同作品得以超越时间,存在于时间之外。

里尔克写道:"我们应该以一生之久,尽可能那样久地去等待,采集真意与精华,最后或许能够写出十行好诗……为了一首诗我们必须观看许多城市,观看人和物,我们必须认识动物,我们必须去感觉鸟怎样飞翔,知道小小的花朵在早晨开放时的姿态。"大事需要纯朴憨厚的心灵,坚信和虔诚,毅力和耐心,与时间的相守相应。诚笃朴拙比机敏灵巧更值得称颂。大事的尺度是时间。然而我们这里多的是速度的大师,数量的模范,蔑视价值是必要劳动时间的凝结。他们争先恐后,一星期看不到自己印成铅字的名字就着急,一年没有新著出版就怀疑自己堕落了,他们本来也许是想做大事的,却不知不觉把大事做成了急事。

帕乌斯托夫斯基的散文集《金蔷薇》,是对作家的劳动的生动的表述。一个巴黎的贫穷清洁工,多年中收集首饰作坊里的尘土带回家,因为里面混杂了极少量的金屑。每天,他筛出尘土,留下一点点肉眼几乎看不到的金屑。岁月流逝,金屑积少成多,终于铸成了一枚金锭。清洁工请人将它打成一朵金蔷薇,要送给一位他一直关心的、不幸的女性。作家在文章最后写道：这朵金蔷薇或多或少便是我们创作活动的写照。相信每一部小说，每一首诗，每一篇散文，只要具有足够的纯正，在其完成的过程中都有这样的图式。

　　还是里尔克，说过："如果春天要来，大地会使它一点一点地完成。""……不能计算时间，年月都无效，就是十年有时也等于虚无。艺术家是：不算，不数；像树木似的成熟，不勉强挤它的汁液，满怀信心地立在春日的暴风雨中，也不担心后边没有夏天来到。夏天终归是会来的，但它只向着忍耐的人们走来。(《给一个青年诗人的十封信》)"

停止与开始

在这个人人争先恐后日夜兼程的时代，有谁肯逆风而行，想一想有关停止的话题么？

停止，和躲避、放弃、失败等字眼一样，在通常的理解中，似乎总带有某种消极、贬抑的色彩，不怎么讨人喜欢。然而停止却是宇宙间的节奏。在宽泛的意义上，停止包含了拒绝、关闭等含义，是当下生活的中止，同时也潜伏了新生长的可能性。从自然物事到社会人生，停止划出了一道分界线，分隔开两种明显区别甚至是极端对立的状态。黑夜停止之时是白昼，陆地停止之处是海洋。狂热的意识形态运动停止之处是安定正常的社会生活。放下屠刀，才可能立地成佛。隔了数百年的遥远距离的两个哲人都曾仰望天空，帕斯卡尔感叹：这无边苍穹的无穷寂静使我战栗！灵魂都颤抖了，语言只能遁隐，于是试图解释的动机最终让位给了皈依，前后的性质完全不同；康德读出了启示，由"头上的天空"联想到"心中的道德律"，在他眼里，二者是同样的庄严整饬。他倒是说了什么，但前提是一定也沉默过，而沉默当然是语言的停止。

语言停止处，是"道"的边界，是老子"恍兮惚兮"的"精"或者"真"，因此连一向信奉实用理性的孔子都不禁表示："予欲无言。"

停止每每意味着变化，至少是变化的前夕。停止的落脚点是在新与旧的结合处，充满了辩证法的精神。想一想夏天骤雨前的天气吧！树叶忽然纹丝不动，万籁俱寂，安静得古怪，然而即刻就会电闪雷鸣，将世界重新安排。

我们不妨再把视线投向身边，既然万物的运行都遵循这一定律。一对平素打打闹闹出言无忌的青年男女，突然变得相对无言，眼神躲躲闪闪，很可能一簇激情的火苗正在双方心底暗暗点着，等待着熊熊燃烧。夫妻长期反目舌战，忽然有一日偃旗息鼓，不排除重修旧好，但更大的可能是彼此厌倦到了极点，懒得吵闹了，要分手了——而分手意味着旧的结束和新的开始。

每个人都有这样的体验：当视听关闭时，内心生活的生动活跃才有可能，那是外界声色形相在灵魂之门前的停止。去了一趟新疆、西藏，置身高天远地的风景和善良淳朴的人们中，会有一种生命更新的感觉。那是拥挤喧嚣冷漠狭隘的都市生活的暂时停止。当追名逐利的脚步停歇时，才有心境欣赏大自然的美，体会月色溶溶，杨柳依依，微风燕子斜，细雨鱼儿出。停下来也才能返归内心，与真实的自我对话，才能重建与大自然的和谐，才能思考千百年来哲人的思考——我是谁？我从哪里来？我到哪里去？在歌德笔下，一生求索的浮士德博士最后喊道：美啊，请为我停留！对于今天的我们，一种加以改动的表述也许更为恰当：美啊，请让我为你停留！

大人格、大成就无不自不间断的停止中生长出来。印度王子乔达摩·悉达多，倘不是弃绝了宫廷生活出外苦修，便不会有菩提树下的觉悟，自然也诞生不出大慈大悲以众生为怀的佛教。法国画家高更毅然中止了巴黎证券商的富裕生活，远赴南太平洋的塔希提岛，在炽烈的热带阳光下，一支画笔点燃了张张画布，也烧旺了当时尚属寂寂无名的象征画派的声誉。一个时代如果总是让人眼花缭乱，一个人如果永远有做不完的事情，那个时代可能罹患了病症，而那个人所忙碌的事情的价值也大可怀疑。

何以匡正？把脚步放慢，直到能听到心跳的声音。在路上高速奔跑的感觉固然刺激，然而不能指望看清两边的东西。即便目标明确，停顿也是必要的。毕加索一生高峰不断，齐白石衰年变法艺臻极境，奥妙之一，便是他们在绘画艺术之外，还不断温习停止的艺术。在停止中才能反省，才能酝酿着突变，完成对自我的超越。所以，耶和华创世，将第七日作为安息日，后世的人们也在这一天停下手中的活计，以便默诵神恩，使灵魂亲近神圣。停止以极端的方式证实着生命的不息和更新。

现代生活的一大弊端是匆促。欲望太多，同时又太急切。快速成为时代的美学，于是生命遭到异化荼毒，目标为手段所替换。日子仿佛一辆狂奔的马车，然而驾车人在哪里？快并不是唯一目的，如果方向错误，越快只会离目标越远。梯子应该搭对墙壁。西方一位管理学大师这样比喻。我国一位诗人说过一句话：一个人一生只能做一件事。要给这件事定位，找到它的坐标，算出其半径和周长，停下来是必不可少的。此时，停止是一种调整和校正。在新世纪的喧嚣纷乱中，守护什么？放弃什么？我需要和众人一样么？即便没有资格谈论对时代负责，总该对自己负责吧。不再有救世主和导师，每个人都是自己的立法者。试一试停止吧，停止是为了重新上路。在现状与超越之间，停止是一座桥梁的名字。

据说瑞士的阿尔卑斯山口立着这样的标牌，提醒人们留意两侧的风景："慢慢走，欣赏啊！"慢慢，也就接近停止了。只有停下来才能欣赏到、读懂一些好的东西，试一试停止吧！如果我们瞩望于新的开始的话。

尺 度

辩才无碍的哲人也会有遭遇窘困的时候。苏格拉底曾这样给人下定义：无毛双足的动物。于是有好事者将一只鸡拔光了毛给他看，问这是不是人？苏氏是否因表述不当贻人以话柄而沮丧，已经不可查考，但这个定义委实欠缺周密。它只描述了人的外部生物属性，没有考虑人之为人的社会属性。而后者才是人区别于动物的根本特征，是最重要的、不可或缺的衡量尺度。

对绝大多数的人物、行为、事件，在绝大多数情形下，有两个字是躲避不开的：尺度。尺度与事物如影随形。尺度描述、判断、界定事物，为之贴上形形色色的标签。无法想象没有尺度的存在物，虽然可能因为时间空间等种种因素不同而在在各异。古人如此称道女人的美丽：增之一寸则胖，减之一寸则瘦。美丑妍媸的区别具体化为可以度量的准确尺寸。今天的选美，"三围"达标是必须的前提，适量智商是宜人的花絮。这当然只是举例说明而已。几乎每一个领域、一切事物，都要通过尺度的介入、参与而存在、运行，自足自立。尺度仿佛电脑中的驱动程序，驱动的是现实人生的运转。这实在是一个魔幻式的空间，虽然我们因熟视无睹而感觉平淡无奇。

驰骋一番想象，像波德莱尔在巴黎大街小巷徜徉一样，让思绪的脚步迈过城市一日的寻常生活。早上，把孩子送进学校，期望他作业全做对，考试得高分，老师的好评，三好生的奖状，是衡量成绩的标尺。它决定了孩子的未来，也决定了自己在别的家长面前是脸上有光还是臊眉耷眼。进了单位，应该努力工作，不出纰漏，让同事认可，上级赏识，得到提升，这正是社会意义上成功的尺度。到对口单位联系工作，对方出来接待的人，必定级别相当——一种被称作"对等"的标准派生出了相应的游戏规则。中午休息时去农贸市场闲逛，摊主殷勤推销，旁边媳妇在低头点钞，一天的收获如何，净赚多少，比什么都来得要紧。下班回家，老父亲正和一班老人在楼下小花园里健身。健康，长寿，是眼下他们第一位的话题。一天忙碌终于结束，躺在床上却感到一些迷茫：这是我希望的生活么？如果是，为什么惶惑？如果不是，应该是什么样子？这种思索绝大多数情形下是没有答案的，但你得承认，此时你是引入了一种新的尺度，哲学的或是美学的。

尺度具有相对性。在一种人群一种环境中被视为天经地义的，换一种背景来看，可能匪夷所思，莫名其妙。环肥燕瘦，大相径庭，但不妨皆成美人——在不同时代不同的调焦镜头之下。君临无边无际的想象王国的作家在那厢悲壮地叫喊"不创作，毋宁死"，而另一边，浸润了实证精神的科学家会奇怪，如此虚幻的勾当何以会让人付出整个身心。这时尺度之不同简直成为一道墙垣了。不同的标准有主观的、神秘的、不讲道理的一面，却又是真实存在的，被奉之为圭臬的各方信仰膜拜，所以这个世界上才会有那么多的隔膜、误解乃至对抗，小到一个家庭中长幼辈之间的代沟，大到亨廷顿所谓"文明的冲突"。这些都印证了一个论点：世界是由我们的看法组成的。

人生是一次演出，不同的人物被分派扮演不同的角色，遵循不同的尺度，采用与之相适的行事方式。做帝王或是跑龙套，扮相当然不同。这属于最基本的游戏规则，轻易不会被打破、混淆。春行夏令，牝鸡司晨，越俎代庖，都是要不得的。陈凯歌的影片《霸王别姬》里的旦角程蝶衣的悲剧，就在于他是将戏中的情境代入现实人生，造成脱榫错位。但话又说回来，即便是同一个人，行为也常常会改变，其程度有时甚至比换肾换血还要剧烈。对当事人而言，剧变或巨变是由于更换了一种标准。放下屠刀，立地成佛，是因为尺度由嗜血大变成为慈悲。我认识的一位商人，驰骋商场日进斗金，忽然迷上了园林设计，不是投资，而是亲自操练，从此沉湎日深，终至改弦更辙，上演了一出法国后期印象派画家高更身世的中国当代版。几年后再见，言谈之间变得悠远淡定，与昔日的机敏过人相比判若两人——新的职业并不需要那种玲珑和伶俐。同样，一个曾被公认为十足书虫的同学，因为学而优，更因为偶然的机遇而致仕，曾让大家为之捏一把汗，但几年历练下来，却也进退应对得合辙合式，令人刮目相看。面对旧友的调侃，其话语间也不由流露出当年何以那般冥顽的自嘲。这些既足证人的潜力的巨大，又足证尺度的十分了得。人生历程是时间的延伸，也是不断调校、新建尺度的过程。爱好，喜恶，价值观……一把把标尺在无形中挥动，不断地调整、收放、丈量，好像洗牌，不同之处是节奏舒缓，在时间的广漠背景中慢慢地展开。

尺度具有普泛性，但也不时会有意外，仿佛当今赛事的频爆冷门。以木桶为家的古希腊哲人第欧根尼，对前来探望的亚历山大皇帝的唯一要求，是"不要挡住我的阳光"。当代语言分析学派哲学家维特根斯坦放弃巨额的家族财产，因为它们妨碍了他的哲学思考。明代公安派代表作家袁中郎，放着苏州行政长官的肥缺不愿当，连续数次上书辞官，因为"上官如云，过客如雨，薄书如山，钱谷如海，朝夕趋承检点，尚恐不及"。他自问："人生几日耳，长林芳草，何所不适，而自苦若是？"他的趣味是无羁无绊，与山水相唱和。这些人当然是常人眼里的"另类"，是不按常规出牌，但你不能说他没有尺度。也许梭罗的这句话概括得最到位："如果谁没有跟随队伍的步伐，很可能因为他听到了另一种鼓点。"他们对公认的尺度不以为然，往往是因为心中有着自己独特的标高。越是杰出者、大人格，就越容易偏离流俗，因为他们的目力更能洞察事物的本质，更能窥见大美之所在。五岳归来不看山。除却巫山不是云。相比人云亦云的景从者，他们更乐于自己决定怎样迈步。如果没有合适的尺度的话，他们甚至自己动手创制，他们如尼采所言，是立法者。

这就接近了一个重要的观念：尺度的核心是个性。或者说，个性决定了尺度的面貌。一条清晰分明的因果之链连接起了二者。而所谓个性，不过是源自对于生活的独特领悟，和由之而生的特异的行为姿态。围绕这一点曾有过那么多的表述。认识你自己。这是德尔菲神庙墙上镌刻的句子。一种未经省察的人生是不值得过的。这是苏格拉底的智慧的起跑线。孤独的个体。这是克尔凯郭尔学说的逻辑原点。成为你自己。这是尼采哲学的进门票。存在即选择。这是萨特理论的关键词。人与人之间，外在的区别可谓多多，种族，文化，宗教，贫富，尊卑，等等，但删繁就简，到最后个性的有无该会是一个明显的分野。当其他因素遁隐或模糊时，这点仍然是真实鲜明的。于是有了隐居瓦尔登湖畔玄想天道的梭罗，有了辞去高官打游击战的切·格瓦拉，有了去非洲瘟疫区行医的法国人史怀泽，有了孤身走天涯的余纯顺。在常人难以理解之处，他们凭依所遵循的大写的尺度成就了大写的人生。他们的身影被拉得长长的，将一直投射到今后久远的岁月中。

越是在这个复制的时代，独特的个性就越显得重要。而个性的极致是与臻于极致的尺度互为表里的。然而我们看到的情形却不容乐观，众多的生命样式都仿佛在一个模子里铸成的，更令人忧虑的是人们对此每每视而罔见。据说随着基因工程等现代科技的发展，人除了得享长寿外，甚至可以定制自己的器官形体。你大可以选择梦露的容貌，乔丹的体型。这当然令人雀跃。但为什么很少听人谈及要为自己选择独特的生存尺度呢？为什么不努力将尺度设定得更好、更合理、更杰出特异呢？不同的人、不同的生存状态之间，当然有尺度的巨大区别，就像存在着小溪和大江、土丘与高山的分别一样，就像哈勃天文望远镜里的视野与肉眼所见迥异一样。做到这一点并不需要求助于技术的神力，只要一颗虔诚的心，一种牢固的善念，一种持久的耐心。对万物的爱和怜悯，创造的热忱，超拔的追求……让我们选择这样的尺度吧，即使无关民生社稷的宏大叙事，即使仅仅为了自己的尊严。

一个人怎样变得衰弱

"人皆向往自由,却无往而不在樊笼中。"这是一句名言。

受这个句式启发,我杜撰了这样一个说法:人总是讴歌强壮,却不幸每每与衰弱相邻。

请注意,这里我并非指身体的衰老和虚弱。衰老是一切生命体的共同原则,对此只有领受而已。就像大山矗立,大河流淌,是一桩铁一样的事实,哪里需要我们思辨诘问?明代理学家王阳明盯着一棵竹子看,"格物"以求"致知",那毕竟是哲学家的怪癖,说好听些是职业习惯。我们平常人,依据常识行事也就够了。

但我要说的却并非纯粹的生物过程。我说的是一种精神的委顿,情感的倦怠,生命意志的自我否定,欲望热情的主动弃绝。这种情形,并不像生物体的衰老那样,无人可以逃避,而是因人而异,大相径庭。"身未老、心先死"者有之,"老夫聊发少年狂"者亦有之。既然如此,也就有探究的必要。

生命适合以四季来比拟。先是春天,明媚娇艳,破土而出的禾苗,绽放新绿的树木,皆是生命在欢喜呐喊。继之以葱茏的夏,活力和热情像喷发的暑气,笼天罩地,酣畅淋漓,无从躲避。再之以沉郁的秋,深邃明净,丈量不出的广阔与深厚。最后是冬天,木叶凋零,寒凝大地,在静默中奏响一阕寂灭和轮回的乐曲,安详而神秘。但为什么有那么多那么严重的错位?尚在中年,就预支了晚秋萧瑟的悲凉。黄昏甫至,本来尚留"余霞散成绮"的绚烂,但过早地呈现为霞彩燃尽后的黯淡暮霭,沉重如铅色。

"他提前进入了自己的冬季。"这句话出自某位著名的外国诗人的一首诗作。请原谅我糟糕的记性。

目光浑浊了,声音冷漠了,脚步迟缓了,但并非仅仅起因于自然年龄的增加。激情沉睡了,意志喑哑了,幻想不再飞扬,却完全来自于精神的疲惫。

提前进入冬季的人,远比我们想象的要多。

他可能是我们的父兄,在年富力强时,就早早卸下了行囊,过早地为晚年的岁月筹划。可能是单位的一个同事,每天第一个来,最后一个走,但从他对待每一张报纸、每一条小道消息的热心,你知道他心里是凌乱涣散的。可能是一个朋友,数年不通音信,一朝相见,发现和当年毫无二致。然而你想到的不是青春永驻,而是一种难以忍受的停滞:为什么岁月能够使五谷丰登,却不曾让他在夸夸其谈外增添些许真正令人感到鼓舞的东西?

火焰黯淡了,在本来应该炽烈燃烧的时候。

那么,一个人怎样变得衰弱?

有些悲剧显现很强的因果关联。为什么一些巨大的灾难,会特别眷顾某些人?当一个如花怒放的年轻生命,被一次飞来的车祸、一场绵延的疾病毁灭,我们不能苛求他的亲人能够承受这一切,微笑依旧从容,如果这个生命不过是如你我一样的庸常资质。因为,魔鬼的指爪同时也挖破了他的心，伤痕累累，血迹斑斑。还有，在一段漫长的岁月里，非人的政治灾难曾是笼罩这块古老土地的无边梦魇，它繁衍了丰饶的苦难，压碎了多少灵魂。毁损于暗无天日的黑牢中的视力，阳光也无法使之痊愈复原。

但这里，我们只想谈谈一个容易被忽略的方面。它不涉及非人力所能承受的横逆之灾，也撇开戏剧性的起伏跌宕鬼斧神工，而是一些日常的、熟视无睹的负面习性。它们让人想到一个成语"积羽沉舟"——轻得几乎没有重量的羽毛，慢慢堆积，却能够将一条船压沉。

仿佛一片暮色中刚刚收割过的原野，未刨尽的根茬，坑洼不平的地面，有那么多让人绊倒、陷落的可能性一样，精神或者情感的缺陷，也随时在生命的路途中设下了陷阱。一个个陷阱就是一张张嘴巴，咬噬我们的生命之躯。

都是些什么样的角色，吸血鬼一样吮吸着我们的精血，使得我们面色苍白，疲惫不堪？我们认识它们么？

它有许多的名字，仿佛一场戏要求许多演员。但总有几个是主角，操纵故事发展，决定剧情走向。根据登场的次数频度，发挥的作用影响，其中最活跃的一个主角，名字叫作"习惯"。它最突出的特征，是自身的不停息的增殖和膨胀，仿佛滚雪球，最初只有一小团，越来越大，直到成为庞然大物。而时间，便是那一片使雪球得以不断吸附积雪从而扩张自身的雪地。譬喻以算术，它的形成过程好比加法，由一到二，由二到三，但它所呈现的结果却分明是乘法的，是令人吃惊的大数。到最后，又更接近除法——拿实际的获取和期望值相比较，生命的账目上只有些可怜的零数。习惯，就这样把人拖入无望的黑暗之域。

"冤枉我了！"一个声音在叫屈，为自己辩解。原来它也叫同样的名字，却属于方向相反的另外一支队伍，队首的大纛上，写着的是勤奋、勇敢、进取等等字眼。在它的前方，隐约可见一片光明的田野，歌声在飘荡。习惯，可使人死，亦可使人生，全看它是什么标签。看来我们需要加上修饰词，以区别有着天渊之别的二者。需要提防的，实在只是那些戕害生命的恶习，诸如拖延、懈怠、畏惧，都是其麾下羸弱的兵士。

  第二主角的名字也许应该叫作"空想"。他怎么看都像是一个思想者，思索贯穿于其生存的每一方面，每一瞬间，如影随身。和前者相比，他的形象似乎更具备某种亲和力。不停顿的思索难道有什么不妥？周密的考虑，反复的斟酌，不正是为了目标明朗、道路正确么？问题是除了思考，他从不做别的，思考因而成了一颗不发芽的种粒。"生存还是毁灭？这是一个问题。"——他可能会让某些人联想起哈姆雷特王子，面对弑父夺母的僭越者，却迟迟不能挥动手中的长剑。但这只是错觉。二者只是在缺乏行动这一点上相似。哈姆雷特陷溺于怀疑的迷雾中，找不到行动的理由，但我们这位主角的迟疑却没有相应的价值支撑。他清楚自己的目标，却匮乏行动的意志。毕竟，构想比实行容易得多。结果，他每天一遍遍修订自己的梦想，使之无比丰富生动，却从不诉诸实施。在他的梦想和行动之间隔着一道巨大的鸿沟，巨人和婴孩的区别，勉强可以比拟这种不成比例的对照。梦想因此降格、蜕变为空想。

  他为什么不跨出这一步？难道他不知道，唯有行动才产生价值，行动才是一切？这有些不可思议，然而却在每天的现实生活中反复搬演。他磨剑的功夫太长了，等到终于决定挺剑一击时——有这样的一天么？——目标早已不知所终了。这样，一出戏剧就变味了，成了极富讽喻意味的滑稽剧。这样的人实在太多了！哪怕只有百分之一的人成为行动者，世界会是另外一种样子。

  当然还有第三、第四个名字……

  绘出衰弱因子的详细家族谱系不是我的任务。我只是举例提醒人们，一定要注意这种静悄悄的杀戮。每一种衰弱的症候都仿佛防波堤上的蚁穴，初看微不足道，但若不及时排除，任其发育扩大，总有一天将溃决生命的堤坝。

与此相关，还需要搞清楚这样一点：当某一张欲吞噬我们的嘴巴凑近脸颊时，我们为什么不但不觉得恐惧，反而感到亲吻般的惬意？

这些精神衰弱的因子，有时会以假面孔显现，甚至是一种接近美德的形式。对此尤其需要警醒。我认识一个有志于成为著名作家的写作者，他的发轫之作确实闪耀着罕见的才华之光，使人不由得对他有所期许。为了创作出伟大的作品，他一再推迟拿起手中的笔。十几年过去，当年远不及他的人都有了丰硕的收获，他却只发表了几篇短小的故事。实际情形是，他不愿承认自己的懒惰，不肯聚集起全部力量同字词搏斗，不敢坦然面对写作中随时会遭遇的过程的艰难和结果的平庸——这其实是再正常不过的事。为了回答人们的疑问，摆脱某种尴尬的局面，他总是声称他在夯实基础，潜心打磨，一定要耐住寂寞，穷毕生之力成就一部杰作。这样的话重复千万次之后，他自己居然都相信了，从而得以纵容自己的堕落而心安理得。等到他终于认识到或者说承认了这不过是谎言时，惰性已经深深地侵入了他的血液和神经，时间已经不允许他走出新路。他唯有出局。

总之，一个人就这样变得衰弱了。

那么，进一步想，这是否意味着，如果我们能够及时地、充分地意识到这些，认识清楚形形色色的惰性行为背后的窒息生命的本质所在，我们就能够挣脱它们的羁绊？

不存在长久的遮蔽。每个人迟早都会憬悟，哪怕天性愚顽，闭目塞听。仿佛街巷间最幽深曲折的旮旯，也会在一天中的某个时辰，渗透进一缕阳光。因为这种事情会无数次重复，而时间又是那样悠长，足以完成一次精神的感光，彰显其暗昧的本质。

但重要的不是认识到，而是真实的行动，是与之角力并战而胜之。意志力——这才是关键。

然而此刻，生存显露了其惨淡景象，让我们不由得倒吸一口凉气——失败者满山遍野。

对许多人来说，倘若始终不曾觉悟，也许倒是好事？在不知天空到底有多大之前，井底之蛙是愉快的。他有幸或者不幸醒转过来，知今是而昨非，却难以摆脱积习的缧绁。对这样的情形我们到底应该鼓掌还是叹息？血液中布满了毒素，意志的火苗太微弱了，不足以烤化厚重坚固的惯性的冰块。他们一边诅咒心中的魔鬼，一边依然故我地受其牵领。衰弱，就是这样难以改写。这些人中，有的更坦白些，会承认自己失败的症结，这样尽管已经事无补，至少还能提示更年轻的人们，在尚来得及时调整好自己的方向。但也有怯懦而虚荣者，宁可把一切归结为天命——这样也许可能获得片时的廉价安慰，却为更严重的衰弱之旅准备了粮草。衰弱，终于不可收拾。在生命的航船灭顶之时，他还会想什么？

这就是一个人走向衰弱的历史。

不幸的是，这样的人到处能够找到自己的同伴，类似的故事从来就生长得葳蕤茂盛。默默的然而又是深刻的悲剧，广阔的弥漫与覆盖，随时消失又随时发生，彼此不相关联但又相互映照——寂寞独处时空无所依的叹息，夜半醒来后生命浪费的尖锐刺痛，面对美好事物无力获取的难堪……尽管呈现万千纷纭的表象，层层剥离后，却是相似的情感图式，相同的灵魂抽搐。这样的故事表面看来远离戏剧性，没有悬念和冲突，不会成为新闻记者笔下的一则短讯，更无缘于历史学家的如椽之笔，但却是诗人和心理学家关注和勘测的富矿。他熟悉这一切：风平浪静的情感水面下的潜流暗涡，外表的恬然自若后不足与旁人道及的惶惑和哀伤，疲惫如何一点点累积，以及自尊如何一寸寸丧失。

每一桩这样的悲剧都是一个封闭的循环或递进。它只属于个人，演员就是观众，对他人、社会不产生任何重要的影响，刀刃对着他自己。然而每个人只有一次生命——这个念头使人内心寒战。

可能由于此，寥寥可数的胜利者的荣耀才被映衬得那样光彩夺目。对这种结果该说些什么？

我们只能以黯淡的心情，来凭吊这些人生疆场上的失意者，同时祈祷，远离这一切负性的因素，并在灵魂中注入足以与之抗衡的神秘的力量。

破　碎

　　随着年龄一同增加的，除了皱纹、白发和日渐冗赘的肚皮，就主观体验来说，颇为强烈的，便是一种破碎之感了。

　　这种感觉首先属于时间，作为时间的依存物而存在。晚上熄灯前，试图在脑海里回放一遍这一天的流程，是件自寻无趣的事，每每令自己感到挫败。多数日子，都芜杂散漫，缺头少尾，东一笔西一画，整饬是谈不上的：一次会议，一个饭局，接待了两拨来客，编了数篇稿件，翻了几份报纸，上下班在路上约莫两个钟点；进门，晚餐，电视机前不过是稍坐，检查孩子作业也是应尽的义务，但窗外刚才还是万家通明，怎么转眼间已经灯火阑珊？……不知不觉，一天过去了。倘若置换成视觉形象的话，大概仿佛是一块破布，由许多碎布头拼接缝缀而成，小时候从老奶奶百宝箱子里看到的那样，总脱不开寒碜粗陋。完整浑然的意识越来越远，似乎只属于从前，或者，属于某些臆想中的幻影。

　　不用说，碎布头是拼不出织锦来的，这就让人沮丧。因为潜意识里，对生命是有所期许的。然而事实却常常印证了那句话："生命是一袭华美的袍子，上面爬满了虱子。"这是张爱玲的名句，突兀的对比，美丽而惊骇。因为什么缘故，它变得如此不堪？

为生命下定义，是有些麻烦的事情。但简单方便的途径也有，其中一种便是从其物理构成上入手。填充生命使之成形的是时间，时间又分解成一个个单元，大的是年，中间的是月，最基本的便是日子。虽然我们被名人不虚掷每一分钟的格言打动，但那更像是一个比喻。从可以捕捉的便利性上考虑，计量的最小单位应该是日子。钟点不过是分秒的延伸，一个小时的流逝只是瞬间的事情，但日子却轮廓鲜明丰满；同时，比较起月和年来，日子也更具体，更微观，更便于测量描画，是时间的若干副缥缈面孔中最具象、最质感的一种。二十四个小时的递传，日升与日落的一次循环，所有的意识、感情、行为、事件，都被纳入其中，都栖身于这个亘古如一的空间中，如果借助我们的想象，时间能够获得空间的可视性的话。排除疾病、自戕、遭逢不测等导致的早夭，在正常情形下，生命无非是几万个日子。这是谁都会说的，小学生们已经在作文里反复写过了。

写到这里，我都能够想象出某双眼睛读到这些句子时嘲讽的笑意。但我不管。一种说法，没有凭借新名词概念的包装，而能够一再使用，从来不曾被唾弃废止，自有其道理。一定是把握了至少是贴近了最真实最本质的东西，才得以口口相传。

从一根细小的头发中，足以检测出血型、遗传基因等生命的密码，这也证明英国诗人布莱克"在一粒沙上看见世界"的说法，并非只在譬喻的意义上成立。如果说，一个人在世间的数十年岁月也仿佛是一具躯体，那么一天该是其中的细胞，理应体现出这个生命的全部品质。从某种意义上讲，通过端详一天中的行止，大致就能描绘出这个生命的整幅地形图：它的高低缓急，它的宽阔和纵深，它的近观和远景。把握了一天，也就意味着把握了一生。

那么不妨来自我检测一番。

遗憾的是,结果往往使我们深感郁闷:生存以琐碎、渺小和萎靡的真实面貌,打破了长久以来盘踞在心头的自以为是的错觉。虽然这种错觉是没有来由的,但倒也能带来安慰。直到此时,才终于无可逃遁,获得了呈现,甚至于尖锐而突兀了。

定义这种破碎感是困难的,但如若将其还原为现象,却并不费力,简直是举不胜举:眼睛已经睁开,仍要在床上赖上半个钟点才肯起床;终于有充足时间做一件早就计划做的事情了,却东摸摸西触触,做一些全无意义的动作,有意地延宕;一次乏味透顶的会议,台上言不由衷,台下昏昏欲睡,此刻,为什么不驱使自己心驰意骋,去某一个艺术想象或理念思辨的国度,做一次愉快的精神畅游?明知肥皂剧乏味无聊,劫掠宝贵的时光,仍然要看到屏幕上雪花飘起……你看到的,不仅仅是破碎状态的诸多表现,还有背后的东西。因果链条清晰可辨。虽然有些处境身不由己,但在许多可以自己正确决断的地方,他放弃了,或者选择了错误。单独抽取一种看似乎说明不了什么,但如果类似的情形每天反复出现在同一个人的生活中,就有理由为他忧虑了。

破碎,作为一种感觉而言,缺乏像刀具或带棱角的东西的坚硬锐利,而是浮泛、模糊、不确定,若有若无,仿佛捏起一团丝绵,踩过一堆落叶。它好像是许多种东西,但实际什么都不是。就其本质来说,是精力的游移不定,是偏离正常轨道的行走,是资源的随意耗散,是缺乏中心造成的无序漫溢,是一种"不可承受之轻"。后果是使目标模糊,最后竟至于失去目标,于是生命的暧昧也就不可避免了。此时,它的含义的明朗确切倒是同喻体本身严丝合缝:当许多棉絮、落叶样的碎片在眼前飞舞时,你还能看清楚什么吗?碎片遮掩了真正的目标,以至于它所承载的那个人的生活,也不再有什么意义。

可虑之处正是，对相当多的、甚至是绝大多数的人来说，这已经成为常态，一种被认可并且受到接纳的生活的样式。虽然人们偶尔也会抱怨，但从许多人谈到时的神情看，和抱怨牙疼感冒一样，并不当真。似乎只能如此，不能是别的样子。对其中一些人，它更是具有真理的品德，对其置疑反而奇怪，他们会反过来说你是凌空蹈虚，不切实际。

这种感觉和意识，随着日子的流淌而逐渐积累，有如河床里的淤泥层层加厚。过程漫长和细微，水滴石穿般地侵蚀生命。既然不觉得有什么不合理，对其毒害不甚明了，自然想不到采取什么应对。结果便是两情相悦长相厮守，在一种温吞混沌中度过了一生。缺乏热力，没有光亮，如同即将熄灭的一堆炭火，只散布出一些微弱的余温。

曾经看过一个美国影片，被囚禁大半生的犯人，终于出狱后，反而不知道该拿自由怎么办了，于是有人自杀，有人设法再次犯罪，以便重返监狱中。他们已经习惯了那种被指派、被安排、不存在个人选择的生活，他们逃避自由。同样，当一个人的生命河流中漂浮了太多的碎片，他也不复期盼完整，甚至想象不出这样的生活。

于是生命比曾经期望的样子，比本来有可能成为的样子，廉价了许多，像论堆售卖的处理蔬菜。在意气风发的当年，谁会想到是这样？

可以轻而易举地找出导致碎片化的外在因素。

城市飞快膨胀，原野被步步进逼，退缩到天边。每天上下班耗费的时间成倍增加。同样增加的是诱惑，层出不穷的电视频道，动辄几十页厚的报纸，网上天地无远弗届；水涨船高的物质欲望，以及随之而来的不懈追逐。所有这些，都要以分得一部分时间的方式来完成、实现，而每天只有固定的二十四个小时。生活内容的繁化，通常意味着有限时间被切割得更细密，碎片化更严重。外在环境势必影响到内在心性。

相应地,要想凝聚起时间和精力,矢志做一件事情,聚焦于一个目标,变得困难了。它们意味着要省略许多东西,对许多视而不见。菩提树下坐忘的佛祖,石窟中面壁的达摩,内心是完整的,所以才能有那样大的事功。但他们都属于过去了。在今天,目眩五色,丝竹乱耳,还有多少人钦慕他们的定力,甘愿效仿他们的行止?以人海之阔大,总能够找出个别人等,但通常会被当成例外,要冒被取笑的代价。因为专注于思考而撞上电线杆的数学家,内心是完整的,然而在许多人眼中,大可怜悯。在一个炫耀机灵乖巧的氛围中,谁愿意被视为另类呢?与世推移,"餔其糟而啜其醨",屈子笔下的渔父,似乎提供了一种不错的生活智慧。

于是,我们面临了一个悖论:当旨在服务生活的手段和方式迅速增长时,真正意义上的生活却在急剧萎缩。手段遮蔽了目的,并常常将自身化为目的。僭越随时发生。

然而,行使最终选择权的毕竟还是内心。

想起了那句小时候就耳熟能详的话:外因通过内因而起作用。是否因为,在价值序列里,在审美取舍上,我们已经把票投给了这些碎片所代表的生活形态,所以才会有愉快的接纳?

碎片许多时候能够带来愉悦,像鸦片。它会让人想到丰富多彩而欣然怡然,会因为变化多端而貌似理想形态。对此一系列常见的说法叫作"享受生活""活在当下"等等。命名让人心安理得。语言遮蔽了实在,制造了一次谬误,让人在细碎的、醺然的快意中走入危险,忘记了还有完整、沉重、庄严、宏大的东西。只有清醒的头脑才能认清其本质,小心躲避埋设在廉价快乐下面的陷阱。然而这样的头脑,什么时候都是少数。

另外,我们非但并不真的反对,甚至有时潜意识中还盼望一些碎片，虽然我们不会承认这点。因为只有它们存在，我们才有理由得过且过，才能够推脱责任，才为我们的疏懒和无所作为，提供一个名正言顺的借口。这是此地无银三百两式的自欺，但我们无师自通，玩得无比熟悉。

这样，事情变得很清楚了：我们之所以把日子过成碎片，是因为心中本来就布满了碎片。

因此，对那些始终能够保持一颗完整的内心，从而使自己摆脱了琐碎的生存的人，应该献上由衷的敬意。

只要意愿，内心的力量就不会失效。艰难的时候，正是它最能够显示自己的时刻，恰似深秋开放的菊花，用季节的凛冽来证明自己的傲霜耐寒。对于意志自由的呼唤，贯穿了多少个世纪，今天就更迫切，他们便是这一品格的人格化存在。一颗强大的心灵总是属于汇聚了最多的意志力的人，属于能够阻挡和拒绝的人。他会努力避免一切使存在变得细碎猥琐的因素：对中心目标的打扰，使生活庸俗化的诱惑，时髦却陈腐的说辞……等等。时时刻刻，他的灵魂中仿佛安装了一具调校仪器，随时检测思想和行动。倘若出现了偏离，迅即拽回。他并非没有软弱的时候，但总是会将它制服，而不是屈服于它。

即使如此，碎片也会不时地出现的。这时，他会运用心灵中的力量，改造它们，会用意念把它们粘合在一起，像强力胶，使之服务于一个目标。这个过程中，像发生了一次化学反应，碎片产生了质变，成为一种另外的东西。这并不是说它们消失了本身的负性的成分，而是说，错误甚或是毒素，也作为一个必不可少的环节而存在，参与了目标大厦的建造，成为构成其巨大形体的一个部分。那是一种充满辩证法色彩的运动：正题与反题相互矛盾、对立、纠结、冲突，最后形成了合题。

真羡慕这样的一些生命，驾驭、统摄一切的力量来自于一颗完整强大的心灵。

他们获救了，他们是自己的拯救者。但是其他人呢？

那些在碎片里俯仰自得的，不必去管他了。谁都有选择的自由，哪怕选择平庸和卑下，说到底那也是他个人的事。然而，尽管这是一个价值相对论大行其道的时代，也并不意味着所有选择都可以等量齐观。

相信相当多的人，是如同你我一样，感觉到不对头，不满意。这或者是不清楚原因，或者，更多的情况下，是感觉无力自拔。但这不能成为屈服、耽溺的理由。即使可以为之寻找到一千种貌似合理的辩解，但只要认真想一想一件事实，就会觉出它的虚假，相应地，它也就不再拥有牢固不破的根据。

这件事再简单不过：生命只有一次。

"我是这耀眼的瞬间，是划过天边的刹那火焰。"有一首歌这样唱道。音乐叩击着耳膜，歌词却直抵心底，那样尖利痛切，仿佛刀子用力划过玻璃。当然，在歌曲的语境中，这个比喻只是描摹生命在时间长河中的存在状态，并不能理解为价值意义上的优良质地。事实上，在虚无的广漠背景下，没有几个生命能够闪现这样的光亮。想想潮水一样涌来的岁月吧，想想潮水一样流逝的人群吧。然而，期盼这样的光亮，不是一种天然而正当的希望么？

只要这样想了，我们终究朝自由迈进了一步。

急管繁弦

一种感受的降临，一种觉悟的到来，和植物的开花结果一样，是有着自己特定的时间的。蒙田写道：万物皆有自己适宜的时机。兴盛有时，衰亡有时，相应的慨叹憬悟也便油然而生。就像田埂上的一棵树，随着日头升到不同的高度，投在地面上的树影的形状、大小、长短等等，也都在不断变化，此一时辰和彼一时辰，可以大相迥异。

生命行进到中途，感觉骤然间提速了。好像一首曲子，由轻拢慢捻，转入急管繁弦。

人之不同，各如其面。在智力、悟性方面，我总是比别人更愚钝些，更迟缓些，是在踏入不惑之年时，才较深切地感知到这种生命的匆促感的。在那之前，也并非毫无感受，但却是浮光掠影式的，雾里看花般的，并没有浸润到内心深处去，化作血肉筋脉的一部分。没有成为一种骨鲠在喉那样的异样、长久的存在之感。没有转换为某种浸泡灵魂的汁液，使之战栗或者肿胀。更多时候，它们是来自于别人的感慨，传递到自己心中时，信号已经弱化了不少。这和自己发自内心地叹息唏嘘，其实是两回事，隔着一道巨大的鸿沟。

然而当四十岁的钟声敲响的时候，我却可以说，我的意识完成了一次彻底的蜕变。

我听到了重重的岁月脚步声，挟带着匆忙和慌乱，正从四面八方围拢过来，造成一片回声和共鸣。不去理会都不行，都不可能了。

这当然不是什么新的东西。在人类感受的库存中，有关时光匆促的叹喟，算得上是最为普遍、最为典型的了，随手翻开一页古诗词，字里行间飘荡缭绕的，多是这一类的气息，时时刻刻，粘滞住你的目光，让你的呼吸变得重涩。人们习惯于品尝玩味它们，就像一日三餐中的米和面。但这并不是说，它已经重复熟腻得难以拨动人的神经了。就像诞生和死亡的经验每个人只会遭遇一次一样，这种中年人生的滋味，当落到每个具体的人头上时，也具有一种全新的性质，一种发现的意味。

通常情况下，是渐渐增长的年龄，架设了一架通往感悟之域的桥梁。

除去极少数特别聪慧和特别愚笨的，所谓上智与下愚者，在大多数人的生命坐标系上，作为横轴的年龄，和作为纵轴的感悟，二者所呈现的那种关系图式，应该是大致差不多的。酒在地下窖藏多年后，才会醇香绵软，因为只有在时间的流程中，酒液才能发生某种生物化学变化。同样，岁月也是最可靠的感悟孵化器。当一个人经历的步伐抵达某个年龄里程时，才能领会其中所蕴含的深意，因为渗入了足够多的时间。时间就如同冲洗照片所使用的感光剂，使得生命中原本幽暗隐晦的某些东西，渐渐显现，变得可以辨识和分析。在这之前，他最多只是拥有一些来自于外在客体的观念，是同真实的生命体验相隔膜的。

十多岁时，谁不把生命看作一座花团簇拥四季常青的花园？不说死亡，衰弱都是不可理解之事。二十岁，都知道人会衰老也会死亡的，但总认为那是遥遥无期的事，而且潜意识中，似乎觉得自己会被赦免。三十岁，在浪费了许多光阴后，对未来的乐观仍然不曾有根本的改变，觉得曾经虚掷的终归还可以获得补偿。十几年前，在一次大学同学的聚会上，当某个同学感慨时光无情催人老时，引出一片戏谑的笑声，都认为他小资情调过浓了。如今想来，他实在只是比别人更敏感而已。几年前读美国作家厄普代克的一个短篇，看到这样的一个句子——"这些三十五六岁、生活中已经没有多少可能性的人们"。不由得有些愣怔，因为当时我正是这个年龄，自我感觉尚属良好。好像被一根小棒杵了一下，有一些钝痛，一些忐忑。但或许因为乐观和自信那时尚有足够的储备吧，那一缕不安很快就散去了，觉得这个说法未免颓唐了些。

然而，那种种不切实际的念头，总有一天会被证明是浮浅且盲目的。液态的水，可以汽化，也可以变成固体的冰，因为分别到达了两个不同的临界点，一百度和零度。自然界的规律也可以写照人生。只要到了合适的时间，生命面孔上那些伪饰虚假的成分也会剥落殆尽，像一堵风侵雨蚀褪掉了彩绘的墙壁，显露出原本的颜色。

总之，秋风拂面的感觉，此刻是鲜活酣畅地体会到了。

一天，一周，一月，一年，呼啸而过，飞快流逝，杳无痕迹：这就是当前的生命图景。日晷的运转蓦地加快了速度。过去感觉中悠长散漫而各自独立存在的日子，像是忽然被挤压、浓缩在一起了，成为一连串夜与昼的飞快连接，高密度呈现，也许其间的界限就是那些清浅的、常常夜半无来由地醒来的睡眠？被外面的光亮映得微明的一方窗帘，是打在两个相邻的日子上面的一个骑缝章。另一方面，所有连缀在一起的日子又像是被切割了，成为比自身的物理单位更为细碎的片断，因为缺乏完整的特性。当然，这些碎片有着冠冕堂皇的名字，责任或者义务什么的，但也许只是许多鸡零狗碎的算计和争斗，为蝇头小利和蜗角虚名所驱使。

失去了完整和恢宏，时间的流淌自然会让人觉得快了。日子与日子之间，面目模糊，大同小异，相互重叠交叉，好像一条没有落差、体现不出跌宕之势的河流。一家人围坐着吃年夜饭时，还记得去年此时饭桌上的情形，一些细节，某个戏谑的说法出自谁的口中，而中间却分明已经隔开了三百六十个日子。"我不知道他们给了我多少日子，但我的手确乎是渐渐空虚了。在默默里算着，八千多日子已经从我手中溜去，像针尖上一滴水滴在大海里，我的日子滴在时间的流里，没有声音，也没有影子。"现在再来读朱自清的《匆匆》，感慨甚至比作者本人还要深切。他写这篇文章时，还只有二十多岁，少年的轻愁，毕竟难比中年的悲凉。

这个时节，人际间的交往互动，被赋予了一种新的、微妙的功能：他人会成为一面镜子，映出的是你自己的容颜。这是一个从外物回返自身的过程。那些不知从什么时候起繁茂起来的白发，稠密起来的皱纹，虽然生在别人的头上脸上，所激发出的情感波澜，却是在你的灵魂的方寸之地中撞击不已。一颗善感的心，会生发出博大的同情，那是一种物悲其类的同情，这一个族群面对的是一个叫作时光的共同的敌人。左顾右盼，瞻上视下，孩子的成长，老人的衰弱，此时都拨到了加速挡，驶入了快行道。对这点，你在这个生命阶段体会得最为深浓。时间真是铁面判官，对任何人都一视同仁。用最昂贵的化妆品、保健品，都无法贿赂它，不但得不到赦免，想缓刑都很难。

"你还年轻么？不要紧，很快就老了。"

这个时节，忽然就理解了张爱玲的这句话。过去，最欣赏的是它的机智俏皮，属于修辞的艺术。此刻再念起来，却对其间蕴含的那种沉痛和无奈有一种切肤之感。是的，"很快"，就两个字，却有千钧之重。古人们的感慨就更有力度，因为除了浸透了心血而格外凝重外，还添加进去了他们身后的漫长时光的分量。理解了三闾大夫的惘然，"日月忽其不淹兮，春与秋其代序。"理解了古诗十九首的哀伤，"人生寄一世，奄乎若飙尘"。理解了李白的气急败坏，"恨不得挂长绳于青天，系此西飞之白日！"

一次同一位长者聊天，说到十年一晃而过，来不及端详。他是一家报社的负责人，每天忙于开会，传达，审稿，看版面，一应琐碎的事情满满当当，充塞了每一天的每个时段，就像城市里水泥沥青覆盖了每一寸地面。这样，一些感受和思索的种子，多数都来不及发芽就夭亡了，少数好不容易抽出几个叶片，因为缺少浇灌，就又枯萎了。感受是奢侈的东西，从感受中生发的思想就更宝贵，都需要充足的时间来沉淀、结晶，就像一株植物，有一个开阔的空间才能枝繁叶茂。这就是为什么在这个年龄段，我们的感叹可以很多，但感叹的内容却又总是很苍白。

此外，对于此时每每体验到的生活的单调乏味，还应该有这样一种解释：太阳底下无新事。小时候，心灵就像一张白纸，空空的，对一切都热切地敞开，每幅风景，每次遭遇，读到的每本书，听到的每首乐曲，都带着清晨露珠般的新鲜感，都有着美妙的滋味，都能够作为生动的精神财富而被书写，被记录，被吸纳，被藏储，自然不会知晓厌倦为何物。但随着年龄的增加，曾经是全新的经验和感受，都变为重复的出现了。内容重复，感慨重复，对什么都不再惊讶，不再新鲜，当然日子就显得短，短了，自然也就快了。可以举相反的例子作证，譬如旅游，是对于常规生活的暂时逃逸，旅伴，风景，风俗，所见所闻的一切，都是新的，因此隔了许久仍然能够留下印象，虽然只是短短几天，在记忆中却具有了可观的长度。而同样的几天，搁在平时，却如同炎炎烈日下的一星水沫，倏忽即逝，谁会记得？

急管繁弦，嘈嘈切切，总之都是难免的了。

从一列疾驰的火车上，看到的都是什么样的风景？

足音已逝的青年时代，看待事物的方式，大多不是按照它的实际样子，而是按照自己愿意见到的样子，去挑选视野里的目标。年轻的美好可贵，正表现在这里：他可以有意识地遗漏掉不喜欢的东西，同时又把那些可心如意的加倍放大，这样做时，他神色坦然，丝毫未觉得有什么不妥。这都是基于生命力的旺盛。而前行若干里路，到了云雾缭绕处的老年阶段，随着生命力的衰减，生命的自我保护机制被启动，使得一切选择都具有一种趋利避害的意味，记忆中大量痛苦、尴尬的内容被筛选掉了，只留下温馨蔼然的部分，因为这个年龄负荷和容纳全部的真实是一桩困难的事情——一定会是这样的，但这却也是另外一种形式的虚假。

只有中年，既消失了不着边际的幻想，又尚有足够的生命力来承受令他备感失望的现实情形，因此他看到的是本真，是原貌，是对立迥异的存在：田野，墓地，花园，垃圾站，污水沟，少女，乞丐，简陋的铁皮屋和豪华的别墅。

外面景色是这样了，这时候，他会更多把眼光回返自身，来观察自己生命中迄今业已成形的那一片风景。它是按照他希望的样子呈现的吗？多少人会感到无憾呢？有，但肯定会是一个很小的数字。对大多数人来说，这种体验是强烈的：曾经幻想过的事情一件也没有做成，而且眼看就做不成。失败的恐慌，于是有了真实的形状，沉甸甸的分量。

还想实现什么愿望，做点什么事情么？差不多是最后的机会了。凉风已经从遥远的死亡山谷飘来，拂动鬓边的茎茎白发。下一步就将浸入肌肤，然后又该是刺入骨髓了。要抓紧，赶在体温还没有冷却、热力还没有散失之前。再也经不起观望和试探，犹豫和拖延，排练和预演的权力不知不觉间已经被儿女辈们夺走，仿佛发生过一场静悄悄的宫廷政变。这个生命是一杯已经续过几道水的下午茶，茶叶中的成分已经渗出差不多了，但毕竟仍能够泡出一些余味，现在就倒掉是可惜了。

当然掣肘和羁绊也是前所未有的。实现目标需要昂扬的意志，奔跑的步伐，但理想的情形和实际的境况、所欲和所能之间，形成了一种强烈的反差。一方面是走下坡路的健康和精力，以睡眠不足、步履滞重作为标志；另一方面，是被四十年的岁月流水侵蚀得沟壑纵横、疲惫不堪的心境，把麻木、倦怠、淡漠的表情写在脸上。董桥曾感慨："中年是文章越写越短、杂念越来越长的年龄"。短下来的岂止是文章？雄心，梦想，都被渐渐消磨，犹如一条消逝于沙漠之中的季节河。悖论式的生存，正是中年人生诸种况味中最浓郁的一道，哀乐交并错杂如同光和影的韵律。

西方神话中西西弗斯的故事：他因触犯天条而遭天谴，被罚推巨石上山，快到山顶巨石滚下，于是回到山脚，重新开始，没有尽头。这当然是对于人难以达到自己的目标的一种极端化的比喻，是对人类的根本处境的本体意义上的观照和把握。推石上山，哪怕它一次次滚落——在对这种境况的平静的认可和接受中，人显示了自己的尊严和力量。中年的人生，相当的一部分，甚至是多数，对人对事，都已经是无可无不可了，但仍然有一些人，秉持自己的原则，不想就此舍弃，愿意竭尽全力，拼最后一把。

当暮年的沉沉阴影降临时，回忆便成为精神生活的主要方式。那时，倘若回眸中年岁月而感到欣慰的，一定是这样的一些人。

招　手

这两年间，心中最舒坦的一件事，是和年逾古稀的父母做了邻居。他们就住在同一小区，同一幢楼，相邻的单元里。走过去，走过来，包括上下电梯，也就五分钟。

十多年前的冬末，他们从近三百公里外的冀东南小城迁来京城，去年夏初，又从近三十公里外的郊区小镇，迁来我居住的三环边的小区。父母年龄越来越大，能够就近照顾他们，是我们兄妹的共同心愿。

转眼一年有半。我并没有照料他们什么，倒是又一次受到他们的呵护。骤雨来袭，再不用担心出门时窗户大敞，他们会及时过来关上。晚上回家后，餐桌上经常摆放着母亲做好送过来的吃食，包子或炒饼，茄盒或馅饼，温乎乎的，像童年记忆中，抚摸脸颊的母亲的一双手。

父母在身边，我内心的幸福滋长得茂盛。

刚搬过来时，他们说，这下好了，你们晚上别起火，就来这边吃吧。但很快就失望了：儿子媳妇都忙，晚上七八点钟回家也是常有的事。只能在周末，凑在一起吃上一两顿饭。为了这一两顿饭，母亲会提前很久就做准备，煞费苦心。

虽然不是每天都过去，但每天却能和他们相见，用的是当初谁也没有想到的一种方式：招手。

他们和我，父母和儿子，每天清晨，一方在院子里，一方在房间里，隔着几十米的距离，相互招手。这个动作，成了每天的固定的节目。

父母有早起散步的习惯。一年多来，除了冬季，其他三个季节，每天早晨，他们都会定时出门。六点多钟，我走进厨房，张罗简单的早餐。从窗边向下面张望，多半就会看到，父母已经在下面的小花园里散步了。花园是被几幢楼围起来的一个椭圆形空间，不大，尽在我的视野中。通常，母亲走在前面，目光平视，父亲跟在后面十几米，佝偻着腰，看着地面。但走到迎着这幢楼的方向时，他们都会抬起头来，向着我这扇窗户张望。

我知道，他们在等待我，伸出手去，朝他们挥动。

我住的是这幢楼房的 20 层，要仰起脸来，才能看到我所在的房间位置。我在下面张望时脖颈都感到别扭，他们抬头的动作，就要显得更吃力，更迟缓。因为角度关系，我在上面能望得见他们，他们在下面却看不到我。

窗子通常是开着的。此刻我要做的，就是把固定纱窗的销子拨开，让纱窗自动弹卷上去，然后将一只胳膊伸出去，朝他们招手。这时他们马上就会招手回应，没有丝毫的迟疑和缓慢。手臂互相挥动几下后，我就继续完成早餐准备，他们也继续散步，等走够了半小时，回自己的屋子。

不记得第一次是怎样发生的，但自从有了第一次，以后就每天如此，成了习惯。

这样大约一个来月，有一天早晨，我忽然萌生出一个孩童般的类似捉迷藏的念头。在他们半个小时的散步时间里，每次走到面对这边的位置时，都一如既往地抬头望着，一共五六次，但我没有像以往那样，伸出手去招呼他们。最后两次，他们还停下脚，望着这儿，议论着什么。我知道他们在说怎么没见到儿子。他们向东边走，要回自己住的单元门里去了，在二三十米长的路上，他们还停下脚步，身体扭转过来，仰头朝这边望。

过不几分钟，电话响了，是母亲的声音，应该是回到房间就直接拨打的。问今天怎么没看见我，没有听说要出差呵，是不是生病了，不舒服？

我心里掠过了一丝疼痛。我觉察到，我的游戏中有一种孩童般的顽劣。

那以后，每个早晨，进来厨房，第一件事，就是先走到窗边，卷起纱窗，伸出胳膊，向他们招手。然后才是准备早餐。

这样，招手对我便有了一种仪式般的意味。做完了它，我才会感到心中踏实，这一天的开始也就仿佛被祝福过，有了一种明亮和温暖。对父母而言，这个动作的意义当会更大。当脚步日渐迈向生命的边缘时，亲情也越来越成为他们生活的核心。

我把这当作是一种冥冥中的赐予。招手，父母和儿女之间，血脉和骨肉之间，呼唤和应答，自然而然，但又意味深长。

父亲和母亲，一个七十八岁，一个七十五岁。

父母这个年龄，让我欣慰，也让我忐忑。每当看到一些耄耋之年甚至接近期颐之龄的老人，身体康健，精神矍铄，不论他们是我认识的人，还是从报纸电视上看到的，都让我欢欣，潜意识中，总是把父母明天的形象和他们相叠加；但亲友同事家老人的猝然意外也时有所闻，又时时提醒我，命运无从测度，难以掌控，不情愿的事情照样可能发生。

只能叨念，在他们体力衰弱的诸多表现中，在那些动作的迟缓、脚步的蹒跚、目光的浑浊之前，不要再加上一个"更"字。那些一点点剥夺他们的尊严的伎俩，那些让我们心里的疼痛一寸寸累积的东西，虽然终归要来临，虽然无法不来临，但来得迟一些吧，再迟一些。

自认为一向是毋庸置疑的唯物论者，但到了如今的年龄，有时却希望，真的有一个无所不能的神灵，那样我会向他祈祷——

请你，保持这样的一幕，让我和父母，永远能够像今天这样，相互之间，招手。请将这一幕，固定成一幅永远的风景。

这在你算不了什么，却是我无与伦比的幸福。

对　坐

两张沙发，一长一短，围着面对着电视机的茶几，摆成一个L形。我坐在短沙发上，父母并肩坐在我的对面，准确地说是斜对面的长沙发上，看着茶几前面两米开外处的电视屏幕。电视机里正播放着一部古装剧。

伸手可触的距离，他们的面容清晰地收入我的眼帘之中：密密的皱纹，深色的老人斑，越来越浑浊的眼球。他们缓缓地起身，缓缓地坐下，一连串的慢镜头。母亲这两天肺里又有炎症了，呼吸中间或夹带了几声咳嗽。

我心里泛起一阵微微的隐痛。近两年来，这种感觉时常会来叩击。眼前两张苍老松弛的脸庞，当年也曾经是神采奕奕，笑声朗朗。在并不遥远的十多年前，也是思维敏捷，充满活力。而如今，这一切都已然悄悄遁入了记忆的角落。

我明白，横亘在今与昔巨大反差之间的，是不知不觉中一点点垒砌起来的时光之墙。

记得多年前，在我四十岁左右的时候，有一天母亲端详着我的鬓角，用一种充满怜惜的口气感叹道：儿啊，你都有白头发了！如今又过了十多年，我也已是人近半百，白发较之当年自然是更呈蔓延之势了，母亲却不再提起。面对时光的劫掠，每个人都无可逃遁，最明智的应对也许就是缄默。但这种劫掠体现在老人身上，显然更为袒露和张扬，更为触目惊心。时光流逝之匆促，想起来，会有一种荒谬之感。不知不觉中，他们都已经年届八旬了。生命是一个缓慢的流程，在成长、旺盛和衰颓之间，他们踏入了最后一个阶段，渐行渐远。举手投足之间的那一份迟缓，无不源自时光累积所形成的重量。

其实，我有充足的理由感谢上苍：父母没有致命的疾病，买菜做饭，洗涮清扫，都还能够自理。每到周末，母亲都要拿出最好的手艺，尽量做得丰盛些，做我们最喜欢吃的饭菜，等候我们过去。一家人围桌而坐，那一种平静而深邃的满足之感，是随着年龄的增加，越来体验得越深了。

前年如此，去年如此，今年也如此，这就很容易给人一种感觉，似乎这种状态可以长久地持续下去。但身边众多的事例也让我清醒地认识到，在他们这样的年龄，什么样的事情都有可能发生。眼前看似颇为圆满的一切，实际上都是脆弱的，随时可能会遭遇某种不测。再次感谢命运的眷顾，那种戏剧性的猝然之灾，没有发生在父母身上。但并不是说，他们能够逃脱伴随老年而至的、那一阵阵叫作衰老和疾病的寒风的袭扰。前年初夏，从住了十年的远郊小镇上搬过来不久，一向体格不错的母亲得了一次急性肺病，平生第一次住了半个月的医院。如今她嗓子里时常会有一些浊重的喘息声，就是那次的后遗症。

再退一步讲，即使有少数人十分幸运，一生身心康健无病无灾，也总要走向那个最后的归宿。在自然规律的寒冽秋风面前，人只是一枯瑟瑟的树叶。财产，等等，甚至，最深的爱，都阻挡不住那个必然会到来的结局，延迟到来而已。生命最深刻的悲剧性，正是体现在这里。

于是，我已经清晰无比地望见了，眼下我所看到的父母的一切言行举止，随着时光的流淌，都将会加上一个"更"字。更缓慢的动作，更迟缓的反应，更多的睡眠，更少的饮食——而这，在未来的日子里，在可以想象出来的诸多情形中，将是最好的情况。

除此之外，你不能祈求更多。

理性和感情是两回事。内心深处早已是波澜不惊，但脑海里却每每执拗地浮现出一个童话画面：忽然有一日时光倒流，枯黄的草重返青葱，坠落的果子飞回树上，老人变回青年，童年正在前面等待。

那样，我就可以重返那一个场景，那是我童年记忆中最清晰的一幕：母亲骑着自行车，要把我送到姥姥家住几天。我坐在前梁上，母亲低下头来对我说着什么有趣的事情，我笑得险些从车上掉下来。当小学教师的母亲，那时候还不到四十岁。时节是春末夏初，阳光明亮温暖，庄稼地一片葱茏，生机勃勃。自行车车辙辘在乡间土路上颠簸的那种感觉，穿越岁月烟云，一次次传递到此刻，鲜活真切。

几年前的一个夜晚，我曾经做过一个这样的梦——

也是这样地与父母坐在一起，不过是在当时他们居住的房间里。客厅逼仄，只容得下一条沙发，他们坐在沙发上，我坐在一只小方凳上，在聊着什么。忽然间，没有任何预兆，他们坐着的沙发连同后面的墙壁，开始缓缓地向后移动，越来越远。我大声呼叫，他们也手忙脚乱地叫喊和招手。但无济于事，移动的速度越来越快，他们的身影越来越小，终于看不到了。眼前是白茫茫一大片，似乎是我的故乡常见的盐碱地。

这时候我醒来了，惊魂不定。

这其中的意味，应该再为明确不过了，不需要特别阐释就能读懂。它是关于丧失，关于永远的分离。对父母来说，对子女来说，这都是一个必然会到来的日子，我不过是在梦境中做了一次预演。我明白了，这关乎内心中最深最顽固的恐惧，虽然平时自己未必意识到，更有可能是不愿意去面对。在黑夜，在理性的掌控最为脆弱的时候，它释放了出来。

有好几天，这个梦境仿佛一道阴影，笼罩在我的心中。

不久后读到龙应台的散文《目送》，其中有段话带给我一些释然和慰藉："我慢慢地、慢慢地了解到，所谓父女母子一场，只不过意味着，你和他的缘分就是今生今世不断地在目送他的背影渐行渐远。你站立在小路的这一端，看着他逐渐消失在小路转弯的地方，而且，他用背影默默告诉你：不必追。"

从这段话中获得的启示是明确的。既然分离必将到来，与其感叹这个铁一样无法改变的结局，不如在将来的"无"将一切淹没之前，努力抓住现在的这个"有"，珍爱它佑护它，把它的意义和滋味，品咂到充分。就生命的有限性而言，"来日无多"永远是正确的，即便侥幸得享期颐之寿。因此，对于挚爱的亲人，任何时候，每一次相聚的时辰，都是弥足珍贵。多少人就因为抱着来日方长的错觉，该珍惜的时候不曾珍惜，过后追悔莫及。

那么，我不是要好好地想一想，在今后的时日中，哪些是需要认真去做的。应该尽量多过来陪伴他们坐坐，不要以所谓工作紧张事业重要云云，来为自己的疏懒开脱。和挚爱亲情相比，大多数事物未必真的是那么神圣庄严。当他们唠叨那些陈年旧事时，虽然已经听过多少次了，也要再耐心一些，那里面有他们为自己衰老的生命提供热量的火焰。他们大半辈子生活在几百公里外的故乡小城，故乡的人和事是永远的谈资，他们肯定会有回去看看的想法，只是怕影响我的工作，从来没有明确地提起。我应该考虑，趁着某个长假日，开车送他们回去住上几天，感受乡情的滋润和慰藉。

我要好好地想一想。

回到眼下。让我将眼中的这一幕场景，深深烙刻在我灵魂的版图上：

出于一辈子养成的节俭习惯，他们看电视时只开着沙发边小茶几上的台灯。从灯罩上方的圆孔中放射出的灯光，在天花板上扩散开来，晕染成为一个大了好多倍的圆圈。电视机屏幕上变动的光影，把他们的脸映照得忽明忽暗。后腰和沙发之间，塞上了一只棉靠垫，以支撑住他们日渐衰疲的躯体。父亲起身，慢慢地走到厨房里，倒一杯水，慢慢走回来坐下，小口啜饮着，嫌烫，又放回茶几上。母亲摸索着剥开一颗花生，还没有送到嘴里，目光变得迷离了，慢慢阖上了，喉咙发出了一声轻微的鼾声，但马上又醒过来了。

多么盼望，这一幕能永远驻留，天长地久。这当然不可能。那么，就默默祈盼，让它注定会变作记忆的那个时间，来得越晚越好。

我已经认识到，而且随着时光流逝，将会越来越强烈地认识到：这，就是幸福。

远处的墓碑

那个地方，蓦然间变得邻近了。近得仿佛就在身边，伸手就可以触摸到。

此刻，掌心中有一丝轻微的寒凉之感，分明是当初手贴在大理石墓碑光滑的碑面上时的那种触觉。但此时的感觉，十分确凿地来自眼前的骨灰盒。因为这个物体，因为抚摸它而产生的感觉，使得长期以来藏匿在意识深处的那个影影绰绰、飘忽不定的东西，一下子变得确切和坚实。灵魂受到一种突兀的叩击，仿佛身体被飞来的石块击中。

我说的是对死亡的感知。

两个多小时前，在八宝山殡仪馆火化室门口，家人亲属一同迎接了岳父的骨灰盒，驱车带回家中，放置在他生前使用的那张书桌上。八十六岁的岳父，生命化为另一种形式，寄寓在这个长方体的木质匣子里。青黑的颜色，也和墓碑近似。因为它的存在，在观念中那一道横亘于生死之间的巨大鸿沟，一瞬间化为乌有，仿佛强风掠走一缕云烟。

骨灰盒后面的书架上，摆放着岳父的遗像。不久之后，遗像将被烤制成瓷像，镶嵌在五十公里外的那一处墓园中、属于他的那一块墓碑上。

仅仅是一夜之间，将来容纳这个匣子的地方，那个仿佛不真实的远处，变得生动真切，如在眼前。

是在前年的岁末，预购了这一处墓地。那时岳父做完肿瘤手术不久，大夫对疗效不乐观的预期，让我们意识到这是一个需要考虑的问题了。

这个地方与十三陵山脉相接，驶出京藏高速公路不远。墓园视野辽阔，坐北朝南，背倚层峦叠嶂，地势由高到低舒缓地延伸。初冬时分，空气寒冽清新，阳光明亮澄澈，勾勒出山体刚性硬朗的线条。而经霜后的松柏和草地的绿色，又平添了一种凝重。整体的气氛肃穆、宁静、高远，合乎心意，所以当时就确定购买了。

岳父查出顽疾是在单位组织的例常的体检中。在那之前，他身体一直颇为健壮，极少生病，每天至少步行一万步。家里人都相信他肯定能够活过九十岁。虽然得知病情后，观念中的死亡开始萌生出了明确的形状，但由于他手术后一段时间恢复得不错，加上作为亲人都会顽强地抱持的期望，因此在多数时候，想到那个地方时，潜意识中仍然把它当作一个不甚确切的存在，一个远处。

直到两个月前，仿佛断裂一般，他的病情急遽恶化，一周之内两条腿先后瘫痪。然后是辗转于三家医院的病房间，各种抢救手段轮番使用，除了一步步地增加痛苦之外，没有效果。一周前的那个黎明，在熹微的晨光中，他呼出了最后一口气息。

现在终于明白了，对岳父来说，以发现病情为起点，他到那个地方的距离，是十七个月。

最后的数日,在高烧不断引发的意识谵妄中,岳父口齿不清地反复念叨两个字:回家。

此刻,他终于如愿以偿,回到了自己的家,回到这间他度过生命最后几年时光的屋子里,栖身在他生前阅读和写作的那张书桌上。房间里一应陈设,都是他最后离开时的样子。只是骨灰盒前面摆放的一碟数种水果,一缕袅袅飘荡的燃香的青烟和气味,让人意识到已然是生死暌违,物是人非。但情感自有自己的执拗,面对岩石一样坚硬的事实仍然不愿相信,迟迟驱散不尽那一阵阵袭来的恍惚。

这里只是他暂时的寄居之地,是迈向另一段旅途的中转站,一个承前启后的旅舍。那个远处,才是他的长眠之所。

已经确定了下葬的日子,是三月下旬的一天。西北方向的那一座陵园中,那个位于东区竹园中的墓穴,覆盖墓穴的石板将被移开,在家人的目送中,在哭泣和泪水中,在深深的鞠躬中,骨灰盒被缓缓地放入。

那时正值生机盎然的时节,满眼都是从冬眠中醒转过来的大自然蓬勃淋漓的活力:野草青翠鲜嫩,树枝摇曳新绿,迎春、玉兰、连翘等一批开得早的花卉也已经竞相绽放。在这样的背景下举行生命告别的仪式,显然更容易让人体会到生与死互相接续、彼此融渗的意味。

遗像上的岳父,笑容爽朗欢畅。这样的笑容,已经被镌刻在墓碑上,凝固成为一种超越了时光的永恒。

但将来,在漫长的日子中的绝大部分时间里,遗像上的那一双眼睛所望见的,将不会是下葬仪式上亲人们的悲恸和依恋。他看到的将会是另一种风景,缓慢,静默,递嬗往复。那是春天恣肆的新绿,夏天骤至的暴雨,秋天飘坠的落叶,还有冬天寂寞的积雪。在这一处远离尘世喧嚣的山坳中,时光的流逝和表现,充分依从自己的法则。

每年的清明节前后,还会有另外的日子,家人会来这里看望他。可以肯定的是,这样的场景会在此后的多年中反复出现。而悲痛将随着时光推移而逐渐减弱,等到多年后,每次的祭扫,更像是一次家庭的郊游踏青。当鲜花和水果摆到墓碑基座上,家人们肃立鞠躬时,每个人眼前都会闪现出当年他的样子,某一句话、某一个表情或者动作。哀伤不复汹涌和持续,但缅怀会在心中年复一年地叠加。

还有一点不同的是,前来祭奠的亲人们,会渐渐地变老。

某一天会有人不再前来,某一天来的人中也会有新加入的人,那是现在还没有诞生的孩子,他的孙辈的子女,这个家庭的第四代。最让人难堪的,是必将会出现的一幕:这些前来祭奠他的亲人们,在难以确定的年月之后,也将一个接一个,次第消逝,不复存在。那时,如果墓碑还在,遗像犹存,那双眼睛所望见的,将会是一片虚空。

我努力让自己的思绪,止步于这一道虚无的边界。

但这真的需要躲避吗?既然已经越来越多地目睹真切的死亡,既然这样的事实每时每刻都在发生,那么,仔细端详一番那个必然会降临的日子、每个人最终的归宿,不也正是一件值得去做的事情?

如果将生命的过程给予一种形象化的呈现,岂不是可以说,不分你我彼此,每个人的一生,其实都是在向着那个地方,向着某一个墓碑所在之处,移动脚步。那是他的远方,他的终极目的地,他一出生就注定了会抵达的地方。

每个人都走在路上。通常这会是一个缓慢的过程,仿佛电影镜头中,一个人的身影渐行渐远,越来越模糊,最终走到了视野之外。在相当长的时间内,行走者对于自己所奔赴的远方,或者浑然不知,或者只是一种观念上的了解,仿佛一道虚幻飘忽的色彩。随着他拥有的岁月的增多，那个地方也会变得越来越近，越来越清晰，遮掩它的神秘面纱也被一寸寸地抽走。最终，每个人都将与它直面相向，真切地体验到一种贴近感。

行走者的步伐，同样是千姿百态。有的人要走很久，走得踉踉跄跄精疲力竭才能抵达，有的却到达得爽快麻利，某一条血管破裂，顷刻间绊倒了他的脚步，訇然倒地，来不及说出一言半语。当然，也还有那些因为坍塌、火灾、撞车等飞来横祸猝然离去的，更是以一种尖利的方式，直接被一双冥冥中的手臂投掷到了那个远方。天涯变作咫尺，只在一瞬间。

于是，每一个生命与所对应着的那个远处的墓碑，在这样的想象中，便呈现为两种面貌的距离。一种是空间的，一种是时间的。前者是刚性的，仿佛岩石一样坚硬实在；后者却具有不确定性和伸缩感，仿佛岩石上缭绕着的雾霭，经常变幻形状。谁能说得清相互之间的那种纠结和缠绕，那种神秘和诡谲？

所以，那一句话才广为传布："一个人应该在从墓地回来的路上，成为诗人。"

因为诗歌是语言的闪电。它的形象凝练的语句，以一种特异的感性力量，瞬间照亮了生活和存在的天空，使其幽昧中的本质得到显影。引发这道闪电，需要一些特别的机缘和触媒。而因为绾结了生与死这个人生最大的话题，墓地显然是一个诗与思、情感与思想的合适的催化之地。

陵园很大，逝者按照生前的职业身份，埋葬在不同的区域。园中的主要道路旁，一处醒目的位置，是一个知名曲艺艺术家庭的墓地，两代家庭成员的几座雕塑，参差排列又彼此相望，形成了园中园的格局。这种家族墓地想来还会有，只是逝者不那么出名，未被人们注意到。

　　岳父的在天之灵，不会感觉到孤寂清冷。他的岳母、我们称呼为老奶奶的外婆的骨殖，不久前已经从西山旁的一处墓地迁来，葬进了这个三人规格的墓穴。我至今清晰地记得，二十年前，九五高龄的外婆辞世后，遗体移到复兴医院太平间保存，岳父将自己关进外婆居住的那间屋子里，来回地走动，眼角挂满泪痕。共同生活了四十多年，他们两人的关系胜似亲生母子。在数十公里、二十来年的时空距离后，他们又将厮守在一起，从此天长地久，再也不会受到任何的阻隔。甚至妻子退休的姐姐姐夫，也在这里为自己提前预订了墓地，为了将来能够长眠在父母身旁。

　　想象一下那种超越了时间的相伴相守。

　　那更像是一场变换了地点的聚会。如今在这间屋子里言谈走动，将来移到那里安静相处。两代人之间，距离也就是百十来米的样子。同样的一片星光照耀，同样的一阵雨水浇淋。从这个墓碑上方吹拂过的风，到达那边的墓碑时，摇动树枝的强度是同样的，发出的窸窣声是同样的。这样的想象，会让人感到一种深长的安慰，即便他是一位彻底的唯物论者。

　　以半百之龄，行走于生命路途的中段，我们的生活还可能有一些变数，还不能确定属于自己的那一块墓碑，最终会安放在哪一个地方，哪一处山陬海隅。但我在此为自己年过八旬的父母预购了墓地，为了应对那个必然会到来的结局。他们退休后搬来京城，接近二十年了，已经成为故乡的异乡人，不可能更不情愿将来把他们送回冀东南的家乡。他们将来长眠于这里，方便分散在天南海北的几个兄妹前来祭扫，也可以和多年来默契友好的亲家继续相伴。

　　没有告知父母这个安排，但相信一旦他们知道了，内心会感到慰藉。

岳父即将入土为安。近和远，此处和彼处，这些曾经对应着他的距离，随着肉体生命的消失，也即将消弭无痕。而家里活着的每个人，仍将面对各自的远方。

最核心的问题，对每个人其实都是一样的：这段距离有多远。

譬如说，我的父母。

这样想时，地理的勘测倏忽间转换成了时间的度量。他们现在住在城里，和我同一个小区，离这一座陵园差不多八十公里，开车走高速，也就一个多小时的样子。但他们移居到这里，需要多少年？或者说，时间的距离是多长？

作为人子，当然期盼这是一段漫长的距离。二十年，三十年，多多益善。属于他们的那一块墓碑，黑色大理石碑面的底端，简约地镂刻了一朵莲花图案。期盼莲花上方的空白处，将来要刻上他们名字的地方，能够年复一年，空旷如斯。期盼不得不搬动覆盖墓穴的石板的那一天，遥遥无期。

然而这不可能。于是，问题就转换成，面对一天天减少、越来越有限的时间，我能做什么。当望着他们的身影不可阻拦地渐渐远去，难道仅仅是叹息？

显然不是。虽然最终的结局无法躲避，我们仍然可以做出自己的抵抗——

用耐心和细致，用呵护和眷注，时时刻刻。这样，就会有一种力量生长出来，虽然肉眼难以看到。这种力量拽紧他们朝着那个方向倾倒的身躯，让倾倒更慢一些，再慢一些。让掌心更多地触摸到他们的体温，让脸颊更多感受到他们呼出的气息。不要过多地戚戚于他们的眼神日趋昏花，声音日益嘶哑，步履日渐蹒跚——因为，连这一切都将彻底失去。

将这一段望得见的距离，尽可能地押长，让那远处的墓园，尽可能地，总是在远处。让那黑色的墓碑，只是偶尔在意识中闪现，而迟迟不会面对目光的直接投射。

　　努力让这一切，接近最大值。

天堂一定很美

一

有一首近来很流行的歌曲，听后悲伤难抑：

我想天堂一定很美
妈妈才会一去不回
一路的风景都是否有人陪
如果天堂真的很美
我也希望妈妈不要再回
怕你看到历经沧桑的我
会掉眼泪
……

歌词质朴无华，曲调凄婉中又有一缕激越。失去母亲的哀痛，思念母亲的忧伤，自肺腑间流淌而出，真挚深沉，感人至深，令人动容甚至落泪。

这首歌所表达的情绪，其实也适合所有失去挚爱亲人的人们。因此当它最早作为一部电视剧的插曲播出后，很快就传播开来。歌声让很多人产生了共鸣，它唱出了他们的心声。每个人听到或唱起这首歌时，他的心目中，对方可以是再也见不到的父亲母亲，也可以是其他已经天人相隔的亲人，是祖父祖母，是丈夫或妻子，是兄弟或姐妹，是恋人，是亲戚，是情同骨肉的好友。最简单的做法，是用一个"你"替代歌词中的"妈妈"，就可以指代概括所有的对象。

如果把它唱给去世的子女，当然也是适宜的。

生活充满苦难，命途坎坷颠踬，其中之大端就是失去亲人。丧亲之痛中，又有三种情形最为悲惨，通常被称为人生三大不幸，即幼年丧父，中年丧妻，晚年丧子。尤其是第三种情形，子女先于年迈的父母辞世，白发人送黑发人，更是惨绝人寰。

它最让人难以接受之处，是有悖于天地常理。生命的诞生、成长和消亡有着先后次序，养育和反哺，也原本是大自然的安排，不但人类如此，动物界也遵循着同样的规律。垂老时有所安慰，病榻前有所寄托，这是人生悲剧性历程中的一点暖意，一抹亮色。并不指望生命在骨血的延续中获得永存，这一类念头未免虚妄可笑，但想到肉身腐朽泯灭之后，仍然有一缕最初来源于它的气息，在天地间飘荡，总是能够带来一丝慰藉。但如果连这样卑微的希望都被剥夺殆尽，心中升起的悲哀，该是何等冰冷。

因此，这种不幸遭遇带来的痛苦，大山一样厚重，夜色一样浓稠。

于是，我看到每天白天奔波忙碌、夜里抱着儿子的骨灰盒入睡的父亲，看到每个周末坐公交车换乘几次来到远郊墓园、在女儿的墓碑前坐上一两个小时的母亲。有人不断更新孩子的微信朋友圈，借以维持住一个幻觉，有人每天给孩子写上几句话，已经连续写了多年。

支撑起所有这些行为的动力，只有一个字：爱。

二

当挚爱的儿女突然失去，谁的父母能够接受？怎么样的父母能够忍受？

法国当代作家菲利普·福雷斯特，在三十岁那年，三岁的女儿波丽娜突如其来地患上了骨癌，百般救治无效，于第二年夭折，带给他巨大的悲恸和思念。"这样的事情让人难以面对：它令人无法理解。我不断地进行文学创作，是我忠诚面对失去生命的方式。"他回答记者提问时这样说过。

原本以一位学者、文学评论家的职业安身立命的他，开始转向创作，试图通过写作获得面对苦难的勇气和智慧，修补自己那一颗千疮百孔的灵魂。

于是，在此后数年中，他围绕着"孩子的逝去"这个主题，写下多部作品。"从我的第一部小说开始，我的每一部小说都是在以不同的方式讲述同一个主题——对逝去孩子的哀悼。""包括怎么样去面对、怎样去消化这种哀悼，以及怎样去体验这种哀悼。"每一次这样的书写，都是一种对抗和自救，是在一张吞噬的巨口面前刹住脚步。

他通过《永恒的孩子》《纸上的精灵》《然而》《一种幸福的宿命》《薛定谔之猫》等著作，构筑了一个悲伤和哀悼的世界。这些作品，有的聚焦于女儿，回忆描写了她从诞生到死亡的整个过程；有的则是另外的主题和题材，甚至十分遥远、并不搭界，但在书中某个地方，因了某个触动，目光突兀而又自然地投向了已经化入虚空的孩子。

我想到了一句宋词："记得绿罗裙，处处怜芳草"。词句很美，反映了一种被称作移情效应的心理学现象,由此物而思及彼物,深情依依。但苦难产生的联想,有着同样的甚至是更大的强度,让人努力挣脱却不可得。在这些作品里,反复重现的回忆,为数众多的互文,表明了他的哀痛的深沉和持久。

福雷斯特夫妇那时还年轻,完全可以再生一个,很多人劝过他,这也是有过这种遭遇的人通常的做法。新生命的降临,也应该会稀释哀痛。但他没有,而是一直执拗地在文字中寄托对亡女的思念。

"清晨,她用欢快的声音把我从睡梦中叫醒。我奔上她的房间。她柔弱不堪却面带微笑。我们聊了些家常话。她已经不能独自下楼了。我抱起她托起她轻飘飘的小身体。她的左臂挂在我的肩头,右臂搂住我的身体。我的脖子能感受到一只小小的光脑袋温柔的触动。我扶着楼梯,抱着她。我们再一次走下笔直的红木楼梯,走向生活。"

这是他的第一部小说《永恒的孩子》中的一个段落,类似的场景在几部作品中都随处可见。写作的诸多意义中,重要的一种便是记忆。经由文字,过往的一切被留住。文字是密封罐,封存保留了生命的曾经的气息。你描写了一个场景,那个场景就成为永恒。你描写了笑容,笑容从此定格于眼前。你描写了声音,耳边于是总是缭绕起那个声音。你写了失去的孩子,那个孩子从此会在你身旁,陪伴终生。

所以,在一部研究早夭的天才诗人兰波的专著《一种幸福的宿命》中,福雷斯特这样说:"我们去爱,去写作,都是为了让我们生活中遗失的那一部分继续存在,明知不可为而为之。""面对死亡,人们总劝我们节哀顺变,和现实和解。但我拒绝安慰,从某种意义上说,文学就是一种抵抗,拒绝被日常生活和现实腐蚀。""把过去变成一个纸上的幽灵,有了它的陪伴,我们自以为从虚无手中夺回了一点生的证明。"

在《永恒的孩子》中,他引用了童话《彼得·潘》中主人公的一句话，写在女儿的墓碑上："所有的孩子都会长大，除了这一个。"

他本来不想成为一名作家，是命运硬将一支笔塞到他的手里，他的写作于是成为了一种"哀悼诗学"。在这种哀悼写作中，每一个生命的意义和价值、无可替代的美好，被深刻地揭示和表达。

三

一个孩子就是所有的孩子，一个父亲的哀痛就是所有的哀痛。

女儿的去世，成为福雷斯特生活中的一道巨大裂缝，令他深陷其中，痛苦不堪。但同时，一份敏感的禀赋和出色的共情能力，也让他能够身在其外，俯视所有相通的痛苦。他将目光投向有着同样遭遇的人们。

在他的代表作《然而》中，这样的目光交织传递。福雷斯特自述，这是一部"通过对他者生活进行时空迁移来讲述自我经历的自传体小说"。他将自己藏在诗人小林一茶、作家夏目漱石，以及的摄影家山端庸介背后。他声称，"选择这三位作家主要是因为他们都经历过孩子的死亡"。

前面说过，福雷斯特最早的职业是批评家。在这部作品中，他将日本不同时期的这几位文艺家作为研究对象，分析他们的身世经历、日本文化美学传统与其文学或艺术作品的关系。但是，因为女儿的事件，他的关注产生了某些位移，目光投注到原来他也许不会留意的方面。这几个人的故事，不论是屡屡经历丧子之痛，还是目睹广岛和长崎的原子弹爆炸对生命的戕害，都与他的个人经历有内在的关联，产生了同频共振。因此，这部作品像是一幅拼贴画，指向的是普世的

"哀悼"。

譬如小林一茶。这位十八世纪日本江户时期的著名诗人,一生贫困潦倒,所生三男一女先后早夭。在最小的幼女死后,他哀叹:"为什么我的小女儿,还没有机会品尝到人世一半的快乐,她本该像长在常青的松树上的松针一样清新、生机勃勃,为什么她却躺在垂死的病榻,身体被天花恶魔的疮伤弄得浮肿不堪?我,她的父亲,我怎能站在她身边看着她枯萎凋零,纯美之花突然间就被雨水和污泥摧残了呢?"

一茶写道:"她母亲趴在孩子冰冷的身体上哀号。我了解她的痛苦,但我也知道眼泪是无用的,从一座桥下流过的水一去不返,枯萎的花朵凋零不复。然而,我力所能及的都不能让我解开人与人的亲情之结。"

他写下了一首成为传世杰作的俳句:

我知道这世界
如露水般短暂
然而
然而

俳句作为日本独特的古典短诗样式,文字精简而意蕴隽永,让人吟味不尽。这首俳句的"然而"后面,应该指向什么内容,或者说补充哪些词句呢?

虽然人世短暂,但总还有一些东西让人留恋。像健康,像爱情,像大自然的美丽,乃至于一枝花朵的摇曳,一只小动物的可爱,一道美食的滋味,这些来自于日语词汇的、被称为"小确幸"的微小但确凿的幸福感,都会令人喜悦,让晦暗的生存闪耀出一抹光彩。

思考还可以朝向另一个方向。时光如此匆促,生命如同朝露般易逝,不论是否有你,我们都会归于消亡,踪影全无。然而,有了你的陪伴，多少就会不一样。然而，却没有。孩子，你早早地离去了，将我们抛在这个世间。

这些解释，都讲得通。

四

所有的悼亡写作都基于这样的信念：时间和死亡，并不能让爱的纽带松散。写作者用文字留住所爱者在人世的痕迹，在死亡的迷雾中寻找生存的光亮。

福雷斯特的同胞和前辈作家，伟大的维克多·雨果，他的十九岁的女儿莱奥波蒂，在新婚蜜月时，不幸和丈夫在塞纳河中双双溺死。雨果写下很多诗篇追忆缅怀，一直到十五年后，他新出版的诗集《静观集》中仍然收录了悼亡诗作。诗人表示愿意奉献毕生，只为了做"一个用手牵着他的孩子行走的人"。

把目光返回母语。我也只从诗歌说起，只列举几首悼念夭亡的未成年子女的古诗。文字的缝隙间，有破碎的灵魂的痉挛，有泪光的闪烁，有努力被压抑着的悲戚。

唐代诗人白居易的《重伤小女子》，悲悼告别人世时尚不足三岁的女儿："学人言语凭床行，嫩似花房脆似琼。才知恩爱迎三岁，未辨东西过一生。汝异下殇应杀礼，吾非上圣讵忘情。伤心自叹鸠巢拙，长堕春雏养不成。"蓓蕾一样的生命，尚未绽放即告凋零，除了悲恸哀叹，无计可施，无话可说。

和白居易共同提倡"新乐府"、被世人以"元白"并称的元稹，有《哭小女降真》诗，辞浅而意哀："雨点轻沤风复惊，偶来何事去何情。

浮生未到无生地，暂到人间又一生。"女儿寄寓世间的短暂生命，仿佛一阵雨点飘过，倏忽即逝，来去皆无消息，只在为父者心间留下无穷的遗恨。

北宋改革家、宰相王安石，有名的脾性倔强执拗，但诀别不到两岁就夭折的女儿时，却也是深情依依，哀痛凄婉。孤坟泣别，孤舟远去，从此再无相逢，《别鄞女》里的悲叹，何其酸楚："行年三十已衰翁，满眼忧伤只自攻。今夜扁舟来诀汝，死生从此各西东。"

"江山代有才人出，各领风骚数百年。"清代文艺批评家赵翼的这两句诗，甚为知名，但他的追悼亡儿的绝句，却少人知晓："帘钩风动月西斜，仿佛幽魂尚在家。呼到夜深仍不应，一灯如豆落寒花。"这首短诗却有一个颇长的标题："暮夜醉归入寝门，似闻亡儿病中气息，知其魂尚为我候门也。"醉中仍然难以忘怀，此情何堪。

这些古诗句中弥漫的悲哀和思念，仿佛深秋时节的降雨，穿越千百年的时光距离，落到脸上时，仍然感觉到一阵寒凉。

这样的丧失，存在于一切时空中，没有地域和年代的分别。前面援引的都是诗人作家，这一行当中有此等遭逢的还能数出不少。至于在广大的人群中，这种苦难就更多，比我们听闻的要多，比我们意料的要多。世事无常。有一句话"明天和意外不知哪个先来"已经被用滥了，但不幸其真理性也被屡屡证明。死神扇动黑色的羽翼，巨大的投影随时可能笼罩住任何一个人。疾病、自戕、火灾、水患、车祸……死亡变换着不同的面孔。

所有的死亡，对深爱他的亲人来说，都是头上一座山峦的滑坡，是脚下一片大地的坍陷，是一次对生命的残酷吞噬。

在这类最为深切的痛苦中，我们会看到，有一种被心理学家称为延迟哀伤障碍的反应。它指的是亲近的人去世引起的病理性巨大哀伤，个体迟迟难以摆脱悲伤情绪。生命所拥有的自我救助机制，让悲伤可以在一定时期内得到宣泄，逐渐减弱直至消失，使当事人适时翻开生活的新的一页，但巨大的苦难，却将这一过程长时期地向后推延。苦难像重重迷雾，像沉沉夜色，裹挟着他，吞噬了他。

这样的时候，如果能够将积郁内心的苦楚宣泄出来，会好受一些，就像溺水者及时地吐出呛进气管里的水，才可能避免溺亡。但我们看到的恰当反应，却并不多。在最初巨大的悲恸所导致的癫狂般的表现之后，很多人变得封闭、抑郁或者冷漠。

原因何在？或者是出于某种宗教或文化的禁忌。或者是不愿重复咀嚼痛苦，不论何种形式的表达，都是再次面对惨痛的经历。还有一点，是他们相信有一些东西无法沟通，最深刻的苦难只有独自体验，别人的同情安慰，哪怕来自最好的亲人朋友，也无法达到感同身受。

因此，只能靠自己来承受和忍耐，并找寻属于自己的救赎之途。

五

不同的人有各自的救赎方式。在社区里做义工，喂养流浪的小动物，栽种花草，学习绘画，让脚步不停地迈向山水原野，等等，本质上都是通过情感精神的寄托，让灵魂获得放置，让悲伤获得纾解。

但是，写下来，通过文字来表达内心，无疑是一种有力且有效的方式。

不少人会有这样的见闻，一个因为某种痛苦而哭泣的人，却得到别人的鼓励：哭吧，哭出来会好受些。写作也是用文字在哭诉，不论是大声哀号还是小声抽泣，那些郁积的不良情绪，随着一个个、一行行、一段段文字的写出，渐渐得到消解排遣，仿佛太阳暴晒之下，道路车辙里淤积的雨水被蒸发掉。这是一种此消彼长的过程。这样的文字诉说，因为有理性成分的加入和导引，也不会像纯粹的情感宣泄那样时常失去分寸。

因此，写作作为一种疗伤的手段，其功效确凿无疑。写下来吧，为了抚慰哀伤，为了让生命和生命紧密地焊接。那个已经离你而去的亲人，经由文字的绳索，从此与你捆绑。

能够写作的人应该感到宽慰。同样的历难者，尽管也有人具有表达的意愿，但又缺乏相应的能力。因此，尽管他们深陷痛苦，但拥有这种能力让他们不至于遭遇灭顶之灾。他们是不幸中的幸运者。

不管他们是否意识到，写作有时还有一种延展效应：他们以一己之力，担荷了为群体表达心声的使命。那么，这些写作者及其作品，便具有代言的性质。无数人的哀伤，借助他的遭遇而得到表达。他本意只是纾解自己，未料却也抚慰了别人。因为共情的存在，个人的拯救推及他者的救赎。经由具体与特殊，通向了一般和普遍。

回到开头的那一首歌曲《天堂一定很美》。

宗教产生于彻底的绝望。挚爱的亲人离去了，千呼万唤也无法返回，只有想象他去的地方美好，他在那边的生活如意，才能够带来些许安慰。写作，是在文字中缅怀追念，是持续不停歇的回顾。但在回顾的尽头，在早晚将会来到的尽头，思绪便会扭转方向，变为一种展望。目光投向之处，便是天堂，只能是天堂，因为只有那里，才能托付我们的爱、祈盼和梦想。

因此，天堂一定很美。

因此，从本质的意义上，写作，也是一种将亡者托升入天堂的方式。追怀对象生前的错失被谅解，缺陷被美化，相互之间曾经的纠纷龃龉被化解，而那些关爱、亲密和融洽，构成幸福感的一切成分，则被无限地扩展和放大，呈现为一种宁静、恬适和欢愉的境界。这也是天界才会有的状态。在文字中，仙乐飘荡，祥光笼罩，亡者端坐其间，等待着亲人到来，与他相聚，从此长相厮守，永不分离。

或早或迟，这是必定会到来的一天。

第二辑

在母语中生存

本世纪重要的英语诗人奥登,在评论叶芝时说过一句著名的话:"疯狂的爱尔兰驱策你进入诗歌。"这句诗化语言意味深长。仔细思量,这里的爱尔兰,应该不但指的是叶芝的地域意义上的祖国,更主要是指文化意义上的故乡。这个幅员不大的、曾以其强调民族传统的文艺复兴运动著称的国家,是一块文学沃土,先后诞生了乔伊斯、贝克特、希尼等巨匠大师。这归根到底是文化的赐予。

奥登的话揭示了文化的强大制约力。对于一个作家,他接受制约的方式,以及他的作品对读者的影响,最初和最终这两端,都和语言相连,都依赖于语言,准确地讲是他所使用的语言,是母语。一种语言的最高成就,它的节奏和韵律,幽微和曲折,它的本质和秘密,也是通过最优秀的作家作品体现的。在俄语,是普希金、托尔斯泰;在德语,是荷尔德林、里尔克;英语世界不能忘记莎士比亚和哈代,爱默生和爱伦·坡;而在汉语的天空,最亮的星辰是屈原和李白,是曹雪芹和鲁迅。

一位作家，不管是诗人，还是散文作家，他由写作中获得的幸福感，首先应该是他确信，有人分担他的思想和情感，他的喃喃自语正被千万只同一种语言的耳朵倾听。共同的生存境遇，让他和他的读者有共同关注的重心，明白什么样的声音连着最深的疼痛，什么样的话语常在心和喉之间往返。而共同的文化背景，则使他们能够听得出哪是正色厉声，哪是弦外之音，哪些静默不亚于洪钟大吕，哪些笑声其实是变形的哽咽。他与他们之间，不需要解释，暗示即是全体，相比铺陈缕述，更多的是相视莫逆。

从这个意义上可以说，作家最可怕的情形之一，便是从母语中离去，不论是主动的出走，还是被动的放逐。他作为一个作家的生命往往就此终结，至少是黯然失色。这是汉语的张爱玲的悲哀。一从去国赴美，她亮丽的歌喉遽然暗哑，因为英语的子民听不懂更不要听那些弄堂深宅里旧式家庭的悲欢恩怨，那些畸形的心理，微妙的龃龉，残酷的报复，看不分明也不耐烦看那些变幻的月色，霉绿斑斓的铜香炉，那些自几千年历史深处生长出的东西。对于他们，这种距离不会比横亘两大洲之间的那片水面更近。在看管公寓的美国老太太眼中，张爱玲只是一个孤僻的房客，"好像有（精神）病"。这便是英语世界里她存在的意义。她将全部精力倾注于《红楼梦》研究，想来一定会体味到"落了片白茫茫大地真干净"的肃杀悲凉，既从书里，更从书外。她被迫失语，因为没有听众。

这同样是俄语的布罗茨基胸中不去的郁积。被逐出俄语天地的诗人，在飘扬的星条旗下安下了家，却无法进入它的语言。"语言起初是他的剑，接着成为他的盾，最终变成他的宇宙舱。"宇宙舱隔绝了人与太空，在异质的语言环境中隐退于母语的诗人同周围人群疏离。无话可讲每每意味着无路可走。所以他要给当时苏共最高领导人勃列日涅夫写信："我属于俄语，属于俄罗斯文化。"尽管他后来也尝试用英语写作，但诗人的情绪和潜意识作出的反应却远非美国式的。这也是德语的托马斯·曼心中难解的纠结。为躲避纳粹迫害，他远走美国。日耳曼文化的骄子，诺贝尔奖的得主，合众国欢迎的客人，却也感到巨大的失落。"我的作品只是一个译本，影子一样的存在，而我的族人连一行也没读过。"他对自己小说的英文本毫不在乎，对德文版却字字计较。他对人讲："我喜欢这房子和花园，但是要死的话，我还是宁可死在瑞士。"因为瑞士毕竟是德语文化区，既然有家归不得，能够在德语氛围中安顿一颗倦旅的心，也总算是聊以自慰。那种无奈，令人想起唐代诗人贾岛的"无端更渡桑干水，却望并州是故乡"。

很难找出例外。康拉德算是一个？这位波兰人的后裔，以一系列瑰丽深邃的海洋和丛林小说，赢得一片英语的喝彩声，但不要忘记，他曾在英国轮船做水手长达十几年，早在写作之前就已是英语的臣民了。相比之下，倒是他的同胞显克维支的小说《灯塔看守人》中的那个老人更有代表性。他飘零异国，孤苦无依，日日同海浪涛声相伴，一册偶然得到的诗集成了最深沉的抚慰，因为它是用祖国波兰的语言写成的。那么，是纳博科夫？这个俄国人倒是以其魔术般的文体而成为英语文学的一代巨擘，但不要忘记，这位沙皇司法大臣的孙子，童年即能说一口流利英语，同样也是在其生命的生长期，就移植进了另一块文化的土壤，有充足的时间完成一次重组和再造，磨合和融会。相比之下，更真实的是他的英语成名作《普宁》里那个流亡的俄国老教授，温厚善良却处处碰壁，只好躲进俄罗斯古代文化和古典文学中寻求安慰；更普遍的是比他更年长的俄国流亡作家，从蒲宁到爱伦堡再到茨维塔耶娃，在法语的巴黎，他们出版俄文报纸和文学杂志，以此维系和那片土地的关联。当一切联络都被切断，剩下的就只有语言了。而只要还有语言，就不能说最悲惨。都德的《最后一课》之所以震撼人心，便是由于侵略者不但占领土地，还禁止被征服者使用自己的语言,企图借此抹杀一个民族的记忆。那才是最彻底的劫掠和杀戮。

因此,一个优秀的作家,首先必定是为他的同胞写作、以赢得他们的赞誉为目标,此外的其他动机都是可疑的,尽管今天信息高速公路已将全球连接成一个村庄,尽管他的作品可能进入不同语言,面对不同文化背景的读者。但即使如此,有些深处的东西仍然无法转译转达,无法获得对等理解。它们涉及的是一个民族的集体意识,一种文化的深层编码,它们都被封存在母语里,对一些人会敞开,对其余人却长久缄默。我们如何使美国人懂得为什么"欲说还休,却道天凉好个秋"?同样,一个精通所谓处世智慧、每每以"世路如今已惯、此心到处悠然"相夸示的汉语读者,又在多大程度上能够理解俄语中对苦难和献身的一往情深?作为一种衡量尺度,语言的可靠性甚至远在肤色之上。余光中问得尖锐:"当你的情人已改名玛丽,你怎能送她一首菩萨蛮?"

我们只能在母语中生存。一个汉语写作者,与其孜孜矻矻于让外国人说好喝彩,梦寐以求登上斯德哥尔摩的颁奖台,不如潜心倾听他生息其上的那片土地的歌哭,用母语的音符谱写一部部交响乐或者一支支小夜曲。晚年寓居巴黎的屠格涅夫曾写下这样的话:"在疑惑不安的日子里,在痛苦地思念着我的祖国的命运的日子里,给我鼓舞和支持的,只有你啊,伟大的,有力的,真实的,自由的俄罗斯语言!"只有对母语抱着这样的爱,才能够把握那一支族系的血脉,贴近那一片土地的秘密,从而成功地记录、描绘和抒写,使自己的生命借助作品得到延长和扩大,使生存变得坚实。

源头的声音

如果我们承认，精神的发育犹如一条河流的形成，那么一定会有某个时辰，像面对泱泱大水会遥想它的发源之所一样，我们会被好奇心或者机缘引领着，溯流而上，更行更远，直到抵达它的源头——冰雪融化成的一条细流，或山间渗淌出的一道小溪。它们前后之间差异如此巨大，但的确是细流小溪成就了大河巨川，演化出下游舳舻千里的壮观。

作为人类精神最古老也最主要的载录和传播者，书籍的情形也正如此。有一些书仿佛是生长在时间之外的大树，根系在遥远的过去，却将荫蔽一直伸展到今天。它们常常便如博尔赫斯所言，是那种被世代的人们以先期的热情和神秘的忠诚阅读的书。要说明这类书的特点，只需列举一两种就够了，譬如《诗经》，譬如古罗马维吉尔的《农事诗》。

对于喜爱中国古典诗歌的读者，《诗经》尤其是其中的"国风"诸篇，终有一日将成为他要早晚面对咏诵的功课，尽管最令他心仪的可能是汉魏乐府、唐诗宋词或元曲小令。那些简朴的文字，率真的口吻，蕴含了自那以后近三十个世纪里中国诗歌（也许可以说是整个中国文学）的要素。戍边兵士望乡的愁苦，家中思妇怀远的哀怨，对剥削者的诅咒，农夫贫苦的叹息，爱情的亦苦亦甜，劳动的艰辛，收获的欢乐，等等，后世文学中反复述说的诸多内容，都可以从它那里找寻到最初的母题，都只是它无数的变体和纷繁的再现。而那些桃花、垂柳、桑树、梅树、蝉、燕和雁，自此以后也便生长、鸣啭、飞翔在几千年间恒河沙数般的诗篇中，正像由它们构成的农业中国几十个世纪中不变的风景一样。尽管世代更移，这些意象所包孕的情感意义，却如同语言背后的实体一样变化甚小。在后工业化的今天，念起"今我来思，雨雪霏霏"或者"我徂东山，慆慆不归"，仍然能唤起内心悲凉的感触，而"蒹葭苍苍，白露为霜"的意境，依然还在成为从世纪初的电影歌曲到今天的 MTV 的不竭的灵感泉源，为流行文化的浮泛贫血注入了些许民间的清新和真挚。它们每每会让人想到某种神秘先验的力量。

维吉尔的《农事诗》是为配合古罗马帝国皇帝屋大维重视农业的政策而写，可以说是一部意在教化的作品。这部费时七年写就的两千多行的四卷长诗，分别叙述了种植谷物、栽培葡萄和橄榄、饲养牛马和羊群，以及喂养蜜蜂的有关知识，这类今天看来属于实用科技的题材，在维吉尔笔下却获得了庄严崇高的美学品格。每一卷都以对有关的神祇的祷告（如对收获女神克瑞斯，对酒神巴克斯）开始，正是这些神明一直佑护了地中海岸边那片古老秀丽的土地五谷丰登，牲畜繁衍。在泛神观念的映照下，万物都变得生动不凡。诗人将雨水譬喻为天空对他的妻子大地的拥抱，这样雄浑的想象，只能诞生于神话和现实、传说和历史浑然不分的年代。耕作和牧养因了神话的注入具有了重大神圣的意义，而对国家现实生活的赞美，又调和了诗意的疏阔，使之显得坚实可触。在诗人笔下，农业是一桩庄严的、至高无上的事情,是生命之所维系,是一切劳作之母。诗人提出,新帝国的命运极大程度上取决于耕种土地的人们。对照今天农业萎缩、土地撂荒或被劫掠性地用于工商业目的的现实,《农事诗》不啻是来自时间彼端的警醒。我执意认为,这一股西方文明的源头之水,在以后漫长的流淌中,不仅流进了斯宾塞、弥尔顿等人的田园诗,一定也有一部分流进了今天的罗马俱乐部、有限增长理论和绿色和平运动,尽管影响的方式可能是迂曲的、潜隐的。因为从本质上,它们关注的都是人类生存的根基。

这里谈到的尽管只是两部书,却已经让我们依稀瞥见这一类书的特征:朴质,真挚,浑厚和刚健。仿佛不同水土养育不同的植物,这些素质只能源自那样的时代土壤之中。那时,人类还是自然界谦卑的一个支系,自由舒展地行走憩息在土地上,植物和动物是他另一族类的兄弟。从这样的书中,能听到隐隐的雷声,嗅到青草的味道和风的气息。所有那些在后世人们看来难以企及而缅怀不已的种种,如心智的健全,灵肉的谐和,信念的坚定,不过是自然本性在人心中的映射。痛苦,欢欣,爱,恨,都是那样明晰确定,因果分明,仿佛先民眼中的世界图景。这些书,便是这样的灵魂"思无邪"的记录,是他的喃喃自语、仰天长叹或捶胸顿足,是他对万物包括自身的惊愕、发问、疑惑或确认。它们有着人类童年期的敏感和天真未凿,并因此往往切中要害。这后一点常常要超出今日我们的意料,这是因为他们那种古朴的生存本身,正得以同最广泛最持久意义上的事物直接晤对,也更能够逼近其核心和本质。

它们的影响是如此普遍和久远,后世漫长岁月里可以车载斗量的著述中,相当多的部分只是对它们无休止的注解和阐说,引申和推衍。一些重要的甚至可说是惊世的成果,其实往往表现为对它们的某处细部的放大或某个局部的完善。对于精神之域的漫游者,它们是难以跨越和绕开的巨大阴影,因为造成它们的正是那些高山峻岭般的形体:生与死,工作与享乐,恋爱与生育,福祉与祸患,战争与和平。这些是一代代人生活中的空气和水。它们是元素,是粒子,是分蘖出众多枝杈的树干,是令万物于其上生长和展开的息壤,而归根到底,它们最易让人记起源头之水的亲切生动的喻。《论语》《孟子》《道德经》《楚辞》《圣经》《希腊罗马神话》《伊利亚特》和《奥德赛》《失乐园》和《复乐园》,都是这样的源头之水,它们浇灌了昨日和今天的精神田亩,无疑也将流淌到明天,永远不会枯竭。

对于眼下,这样的书或许更像一服功效缓渐的扶正祛邪药剂,适宜疗治的是人性萎靡与畸变的症候群。技术的进步改变了历史进程和生存图式,但人在备享舒适便利的同时也日益受到异己力量的摆弄。这便是摇摆的信仰,纷杂的理念,莫名的焦灼,情感的紊乱,等等,从作为今日精神生活的记录者的许多书籍、报刊、影视中,我们寻得到它们的种种表现。它们源于人与土地的分离乃至对立,源于割断人和万物浑然一体的脐带的精密分工,源于科学对神话的无情颠覆,源于实用理性的条分缕析不遗巨细,源于人的虚妄和僭越。如果说,这是随着智慧的进步终将摆脱掉的一个梦魇,人总有办法重新安置妥帖自己的灵魂,那么在这一天到来之前,为了对抗喧哗与骚动的袭扰,我们正不妨时常翻开这些书,倾听来自源头的声音——它们清亮浑厚,亲切可人。

语言中的铀

不知是否与年龄有关，近年来越来越喜欢朴素简洁的风景，比如北方冬日的田野，视野中空旷疏朗，树木枯干遒劲的线条，映衬着旁边的一两处屋舍，以及远方山体硬朗粗粝的轮廓。这样看来，开始喜欢读格言、谚语等，仿佛也是必然。在语言的繁复纷纭、摇曳多姿的风景中，它们正是铅华洗尽、最为简练质朴的那一类。

这一点与缺少阅读大部头的闲暇时间有关，但更主要的原因，恐怕还是这个岁数的心性已经喜欢删繁就简，对一切繁文缛节都想跳过略去，直接面对后面的"干货"。格言无疑具有这样的特质。根据定义，格言是指对人生经验和各种规律的总结，用精练简洁的语言表达出来，而且具有劝诫和教育意义。推而广之，其实谚语、警句等等也都具有这样的品格，在只言片语中蕴涵着厚重深刻的道理。为了方便，这里都用格言来统称。通常是经由两种方式与它们晤对。一种是它们被一条条地搜集，再按照内容分门别类地排列，最终汇集成册，仿佛众多精干士兵列队接受检阅；一种是独行侠一般藏匿于浩繁文字丛林中的某一条缝隙间，倏然跳将出来，让人眼前一亮，不由得注目凝视。

这里堪称是一片丰收的原野，语言的谷穗累累垂垂。"满招损，谦受益"（《尚书》），"己所不欲，勿施于人"（孔子），"不以规矩，不能成方圆"（孟子），"锲而不舍，金石可镂"（荀子），"前事不忘，后事之师"（《战国策》），"人类的全部尊严就在于思想"（帕斯卡尔），"人生如同道路，最近的捷径往往是最坏的路"（培根），"从一粒沙子可以看见整个世界"（布莱克），"过去是未来最好的预言家"（拜伦），"生命最长久的人并不是活的时间最多的人"（索尔仁尼琴）……这样的句子可以无限地抄录下去。此刻写下这些时，仿佛又回到了热衷于搜罗它们的青少年时代。这恐怕是那个年龄极为普遍的嗜好，旨在拿它们来警醒或者激励自己。当一个人自身的经历还不足以对生活产生明晰完整的观念时，总是愿意从别人的说法特别是名言中汲取资源，恰如一个孩童，一招一式总爱模仿成年人，追星族更是成为一个庞大群体。

条条大路通罗马。语言把握生活主要通过两种方式，形象的和逻辑的，文学属于前者，理论归入后者。格言因为其凝练、深邃并且经常具有形象性，是经常会被置放于两者之间，譬如《论语》，譬如古罗马哲学家皇帝马可·奥勒留的《沉思录》，文学史和哲学史都会提及。事物的本质属性常常在与其他事物的比较中更能够看出。对格言来说，一种似乎匪夷所思的比较，是与长篇小说。二者之间有什么可比性呢？就体量而言，无疑仿佛泰山和抔土的区别。长篇小说读来让人过瘾，关键在于它的丰富，或者说这种丰富性是牵连所有其他方面的枢机。它的巨大的体量，错综复杂的人物关系，跌宕曲折的故事情节，繁复细密的细节呈现，这一切常常共同营造出一种令人目眩的效果，如同花团簇拥或疾风骤雨，这些怎么是片言只语的格言能够相比的？

但话说回来，不管它们是如何的洋洋洒洒、浩瀚斑斓，经过一层层过滤提炼，浓缩抽象，在大多数情况下，仍然是可以用简短的几句话来概括表达它的内核的，而这样的话总是具有格言般的特质。这正是两件看似不相干的事物之间的纽结。曹雪芹写《红楼梦》，尽管自称"一把辛酸泪，满纸荒唐言"，但所揭示的盛衰无常、色空相依、"好即是了、了即是好"，却是明晰确切仿佛具有坚实质感的。莫泊桑的《一生》，女主人公在回顾自己命运多舛的一生时感叹道："人生既不像想象的那样好，也不像想象的那样坏。"这是全书最后的一句话，彰显了"卒章显其志"的效果。这样的一些话，显然已经可以归入格言，或者具备格言的功能了。不妨说，所有的长篇小说，实际上都可以理解成是从某一句格言生发铺展开来，是一颗情感或者理念的种子孕育生长的过程。发芽破土，由柔弱的树苗长成粗壮的大树，树冠茂盛，枝叶纷披，鸟雀翔集，跳跃啼叫，雨沐风梳，蔚为大观。

写到这里，我仿佛已经听到不以为然乃至讥讽的声音了。怎么可以这样简单地对比？谁能够无视展开过程中的价值和美？譬如《红楼梦》，那种性格心理、环境氛围、园林馔饮的描绘之美，岂不正是完全自足的东西吗？如果缺失了它们，《红楼梦》的魅力将何处寄寓？没有在回忆中让舌尖重新品尝到童年时吃过的小玛德琳点心的味道，没有椴花茶的香味自岁月深处飘荡而至，普鲁斯特的《追忆似水年华》又何以确定自己的不朽地位？

我完全赞成这些质疑。在其他时候，这何尝不是我要说的话。此刻，在这个特定的语境下，我只是在一种极端的意义上来做出比喻，并非否定其他的价值，不应穿凿地理解。仿佛摄影时，为了突出作为主体的人或物体，给予它们清晰的特写镜头，而将背景加以虚化处理，但并不等于背景真的就是一片虚空。

前面说过，青少年时代都喜欢搜集格言，但要真正读懂它们，却需要漫长时光的铺垫，需要凭借丰富的生命体验来给予注释。因此，格言是一种更适合老年人，至少也是生命体验较为深入的人阅读的文体。所以，乡间不识字的白发翁媪说出的质朴无华的话，倒是常常具有格言的意味，就在于它们被风霜侵蚀过，被时光浸泡过。从这个意义上说，格言更被赋予了一种在时间维度上产生和展开的特质，它最深沉的东西是属于时间的。如果说年轻时热衷于读大部头虚构作品，是在开端眺望未来，借助鲜活具体的物象形态，来窥测真实生活的未知底蕴，那么读格言，则更像是在生命旅途的后段回望过程，更多是为了印证业已获得的人生感悟，有一种借他人之酒杯浇心中之块垒的味道。

认识到了这一点，那么就不妨说，格言，就是那一类行走到人生路途的某一处时，不由自主地从心底生发出来的东西。它是抽象过的人生体验，是浓缩了的生命感慨。是概括之上的概括，是蒸馏之后的蒸馏。在这个阶段，生活的外在的鲜活形态已经不再重要，重要的是它的内核，而格言正是对于内核的揭示和表达。

诗人里尔克在《布里格手记》中写道，"应该耐心等待，终其一生尽可能长久地搜集意蕴和精华，最后或许能写出十行好诗"。那一定是最为精华的诗句，具有遗言一般的品质。言简意赅的格言，何尝不可以理解成是一代代人关于生活的遗训？这是千百年来无数生命智慧的凝结。时光的流逝，不会磨蚀而只会增益它们所蕴涵的真理的品性。物质世界中，铀蕴藏着巨大的能量，一公斤铀-235裂变所产生的能量相当于几千吨优质煤炭完全燃烧的热量。而格言，就仿佛是语言中的铀。

始终如一的吟唱

大师无疑是一个崇高的称呼,但同时也是一个语意含混的指称。这倒不仅指今天人们过于轻率的赠予已经几乎把这个词的神圣性消解殆尽,即使在讲究严整的过去,它给人更多的也是一种观念的抽象,一团高山仰止般的感觉。那情形颇像雾中的一座雕像,或者,透过云层望见的星辰。这当然无助于人们更好地理解其作品,于是便有种种探询与阐释,比较和分类,等等,旨在使进入变得较为容易些。由于角度和方法不同,研究者会有这样那样的发现,但有一种感受却一定是共同的:真正的大师自始至终关注的是同一个问题。关于这一点,曾获得诺贝尔文学奖的南斯拉夫作家安德里奇有个说法:"每一个作家实际上只是写唯一的一部书,后来他不断地改写和重写这部书,直到自己生命的最后一刻。"

作家是生活的参与者和记录者,尤其是后者。由于经历和遭际,也由于美学和趣味,甚至还可能由于偶然的触发,他开始对某个领域、某个主题产生兴趣,并致力于表现这点。这些领域或主题因人而异。

很可能,在开始时他未必知道能走出多远,他可能还时常会瞥一眼旁边的道路。但是随着他的行走,他发现道路越来越开阔,越来越望不见尽头,渐渐地他的目光不再游移,脚下这条路及其两侧所展现出的风景的旷远与幽深,已足以使他的情感和心智巡游往复了。于是他平心静气,沉醉于观看、欣赏和描绘。并且,随着时间的推移,他也越来越能够将视野中无限丰富的东西划归入他的领地,生活万象环列周围,为他所用,作为证据、背景或者补充,烘托出他欲表达的题旨。他使读者理解了什么叫作以一驭十。他经由一条独特的道路,连接了整个广阔的世界。当人们谈论一位作家时,首先关注也正是其作品中这样的地方。

这便是杜甫以一介布衣之身而怀致君尧舜之志、身寄茅屋心忧天下的悲悯情怀;是鲁迅对国民劣根性的切肤体验和无情鞭挞;是哈代从诗到小说传递出的人生是一场连续的挫败的悲观哲学;是卡夫卡挣脱不掉的人的异化、隔膜和冷酷的梦魇;是博尔赫斯透过那双几近失明的眼睛窥见的迷宫:时间轮回无尽,命运周而复始,荒诞和真实难分难辨;是波德莱尔在象征的森林里集合了种种丑的意象而培育出的一朵奇异的恶之花:罪孽、淫荡、虚伪、怯懦等获得前所未有的淋漓表现,它们所造成的审美风格的"新的震颤"传递至今……如果说,以上这些出诸大师之手的杰作,使人在高山仰止的同时,未免会以为这是只属于天才的独创的话,那么我们会看到,在那些影响虽然无法和上述大师相比、但仍然较纯粹的有突出成绩的艺术家那里,这点也是很显明的。在契弗笔下,它是纽约郊外绿荫山庄那群富裕体面的中产阶级家庭生活里的猥琐、烦恼和无聊,它们吞噬着幸福,仿佛"苹果里的蛀虫";在薇拉·凯瑟眼里,它是对土地、诚实的劳动的热爱,以及对从中生长出的美好品德的赞颂,这种德性已随着与工商业兴起而来的对利益的过度逐求而日见式微;帕乌斯托夫斯基使一切平凡的事物闪耀着奇异的、诗意的光，他告诉人们，梦想对生活是多么不可或缺，它是幸福完满的重要因素；而在奥威尔阴郁的目光下，极权政治的残暴、对人性和自由的践踏是如此怵目惊心，只有调动寓言手法，在一个未来的年头（《一九八四》）、一个非人间的地方（《动物庄园》），才可能将它们有力地表现出来……他们的区别是显而易见的，正是这种区别使每个人成为自己。

在每个这样的作家那里，所有的努力围绕一个中心展开，所有的心智朝着一个方向汇聚，体现在其全部作品里，不论它们是小说还是诗歌、剧作或散文，甚至日记或札记。本世纪初，纪德的那部集合了诗、散文与哲学的文体奇异的《人间食粮》，曾经以其解放感官、放纵欲望的呐喊，成为众多寻求生存依托的读者的枕边书，如果有机会读到他那个时期的日记，会发现里边几乎囊括了书中全部的素材和动机。从这同一个主题出发，又产生出日后的一系列变奏，那便是小说《背德者》等，它们同前者的区别不过是体裁和形式。对那些一生都为同样的问题缠绕、困扰的作家，时间的意义主要表现为它提供了使他的思考推进、增补、修正、深化和完善的余地，而不是去谱写一支全新的曲子。随着经验的累积，视角的调整，观念的变化，它们可能和过去产生较大差异，甚至是明显的对抗，但即使这样，也仍然是在原来话题上的展开，从属于内在逻辑的一致性。就像纪德，数十年后又写了《新的粮食》，观点与前已有大的变化，舍弃了"不放过任何欲念"的主张而提出"选择的德性"，在个人外看到了群体，但这一切仍然是建筑在"扩大喜悦"也即高扬人的感情与思想基础之上的，在此意义上，这依然是一种始终如一的吟唱。

因此，对于那些给自己安排了一个中心思想——一个陈旧但仍然很有表现力的定义——的作家，一旦发觉其某个或某些作品有点不同，先不要轻率地指出他偏离了自己的轨道。这或者是出于类似修整的需要，好像人们周末从繁重的事务里暂时摆脱出来，去绿茵场上或游乐厅里松弛一下——作家有时需要通过这种变换来使自己稍稍离开问题的中心，以便更加贴近它。比如某些作家偶尔会涉足侦探小说，把它作为一种休息的方式。他的走出还是为了返回；有时，这种不和谐其实是以另一种面貌表现出了高度的一致性，像鲁迅《好的故事》，美丽缥缈的梦境下面，折射出的仍然是对虫豸横行的暗夜般现实的愤慨与无奈，憧憬的花植根绝望的泥淖。随着探寻的展开和深入，我们会越来越发现这点是普遍有效的，几乎同定律一样毋庸置疑。为了使界定也像定律那样的科学，我们还可以把说法后退一步，它于观点本身并无减损。那就是：一个真正杰出的作家，如果不是用其整个创作生涯和全部作品，至少也是在主要的时期用最重要的作品，对某个或某类问题进行了观照、探询和表现。

　　那么，该如何解释那种彻底的断裂，那种朝向另一极端而去的背叛呢？托尔斯泰晚年断然否定了自己的一系列杰作（只对少数几篇表示首肯），卡夫卡遗嘱友人毁掉全部手稿，这种决绝的态度很容易让人产生这样的想法：他们与自己、与过去、与一向关心的东西告别了。这种念头显然是表面化的、经不起推敲审视的。事实上，这种结局正是他们出入一生的思想、观念、价值发展到顶峰的一种表现。在托翁，是在《复活》中得到述说的宗教拯救人类的想法的极致化，像任何真正热忱的信仰者一样，他不再相信一个人会找到其他的救赎之路，甚至他曾为之献身的艺术，如今看来都是可疑和危险的。这只能表明他是以一种极端的方式证实了他关怀的始终如一。在卡夫卡，最后的举动也最有力地印证了他在全部作品里对人与人之间理解、相通的绝望——既然如此，它们留存下去会有什么意义？

　　这样，我们就经由另一条途径回到那个论点。通过上面的分析，我们会越来越看清楚，那些以内容多变而著称的作家，要么确是善于在不同题材中发现并表达同样的主题，这需要非凡的智慧和才情；要么则恰恰相反，说明他缺乏定力，无法向纵深挖掘，而对创作来讲，这点差不多便等同于才华不足。遗憾的是，属于后一种情形的占了绝大多数。用题材的多变来掩饰识见之贫瘠和穿透力之不足，无疑是一种巧妙的藏拙手段，就像今天的不少文学从业者，热衷于玩弄形式游戏，因为他没有其他引起注意的资本。在任何一个领域，特殊的获取是以特殊的关注作为条件的，这种关注成为他思想的中心，甚至成为一种强迫行为。作为心智活动的巅峰状态，文学创作自然更需如此。你在哪儿能找到一个例外呢？这些缺乏持久关心的作家，也许能够写出几篇不坏的东西，但他的影响是有限的，散漫的，无法聚拢的，充其量只是掠过眼前的几道闪光，而后者则是射进胸中的一束光柱。对那些死死咬住一个题目不松口的作家，你可以不喜欢他，讨厌他，像讨厌劳伦斯对于性的喋喋不休，像难以忍受普鲁斯特对时间的病态的细腻感知，然而却无法否认和回避。他们已经在文学的广阔田亩上留下了自己的车辙和脚印。凭着他们对生命、存在的某一个侧面的细致的咀嚼，独特的体悟，他们丰富了经验世界，给它增添了一点什么。在这个到处只是发现重复的世界上，这实在是了不起的贡献。契诃夫小说《没有意思的故事》中那位著名的医学教授因为生活里缺少一个"中心思想"而痛苦不堪，那些缺乏自己的根据地的作家，也一定会时常陷入无所傍依的困窘境地，会产生某种异乡人和飘零者的感觉。

《洛丽塔》的作者、美籍俄裔作家纳博科夫，在回答记者关于他的作品"重复到家了"的提问时，说过一句意味深长的话：有独创性的艺术家可以模仿的只有他自己。这既是夫子自道，同时也概括了他的优秀同行们劳作中的共同之处。正是这种"力争使所有的书成为一个自觉的整体"的有意识追求，确立了这类作家的标高，也使得他们最终成为浩渺的文学星空中若干颗最为明亮的星辰。

阅读的季节

在今年这些难得的阴雨连绵的夏日,我用一周时间读完了托尔斯泰的《复活》。掩卷沉思,第一感受,却是为当年未读而感到庆幸。

准确地说,不是未读,而是未能读下去。上次同它面对,大约是大学二年级的时候。记得读到聂赫留朵夫下决心和女囚犯玛丝洛娃结婚,以洗涤自己的罪恶时,就再也打点不起继续阅读的兴致了。大概由于正值绮思连绵的年龄,那时大脑中的感应神经对于与浪漫爱情有关的种种信号最为敏感,最能捕捉,而在这部小说中,这些内容正集中地体现在开头的几十页里。年轻的士官生聂赫留朵夫在姑妈家的乡村别墅度假时,对侍女玛丝洛娃萌发了爱情,那是一种纯洁无邪的精神之爱,羞涩快乐,温情脉脉。三年后,再次回来时,他的灵魂已经受到军队中兽性淫荡风气的腐蚀,对玛丝洛娃起了邪念。尽管在复活节夜晚的晨祷仪式上,目睹美丽善良的玛丝洛娃亲吻祝福一位乞丐,他的精神世界曾一度返回到纯洁无瑕的当年,但最终灵魂中的兽性占了上风,聂赫留朵夫屈服于自己的淫欲,就在接下来的那个夜晚,占有了玛丝洛娃，成为其人生悲剧的始作俑者。那些有关爱情的生动的描写，曾在我记忆中长久地萦绕：两人在花园里丁香花丛旁的追逐嬉戏，第一次亲吻的激动颤抖；复活节之夜，少女玛丝洛娃脸上被对人、对万物的纯洁之爱点燃的红晕，和那双乌黑发亮的眸子。同样铭刻在心的，还有那个罪孽之夜的环境气氛：浓雾弥漫的院子，迷蒙模糊的灯光，远处河面上冰块崩塌、坼裂的声音……当时经常能看到一位西语系女生从宿舍楼下走过，这时每每会联想到小说中的女主人，可能因为她也长着一双微微斜睨的眼睛，和少女卡秋莎一样？如今想来着实荒唐，但在习惯于将自己和身边的他人比附为所读过的书中的某个角色的当时，倒是未觉得有何不妥。

　　这些，便是当时我对于这部杰作的几乎全部的印象了，至于其他，对帝俄时代草菅人命的法庭、监狱等国家机器的谴责，对道德纯洁和灵魂净化的思考，所有这些既在篇幅上占了大半、同时又构成这部小说灵魂的内容，当时却隔膜得很，难以进入。文学社会学中有一派说法，认为一部作品的完成，是作者和读者两个环节共同作用的结果。同样的一部作品，因读者感受反应的不同，效果大相迥异。这样来看的话，我当时的阅读趣味，更多的是止步于一种清纯的诗意的情境，从这种幼稚的判断力出发的阅读，自然难以领略一部伟大作品的深刻之处。

　　相比之下，那时对屠格涅夫的《猎人笔记》却读得十二分地投入，品尝到了无穷的、酣畅淋漓的乐趣。俄罗斯大地的迷人风光，树林、草原、庄园、池塘的四季胜景和晨昏之美，被屠氏一管生花妙笔描摹得生动如画，令我如醉如痴。对于不久前还以向本子上抄录风景描写的名段佳句为乐事的我，这本书显然是一座巨大无比的宝库，琳琅满目，美不胜收。在当时我的文学观念中，风景描写是衡量作品的一个重要标准。

但时隔二十年后的今天，再来读同样的两本书，却发生了明显的感觉位移。读《复活》，当年吸引自己的那些内容，在睽违多年后，依然能够以其深邃的人性描写唤起一缕激动，夹杂了一缕对已然消逝的青春心境遥相祭奠的复杂情绪。而当年难以进入难以深切体会的部分，也清晰地显露出丰厚的内涵：一颗真诚的灵魂对于如何建立一种合乎道德的、善的生活的严肃认真的思考。这样，这次重读事实上就成为一种全新的阅读。读《猎人笔记》，也仿佛寻回了一件丢失已久的珍宝，回返了当年和大自然亲密无间的心境，但却不再有当年的激动，而代之以一种平静的愉悦，仿佛嚼完甘蔗后，唇齿间一缕淡淡的回甘。

这种变化，首先应该归因于时间。

时间是酵母，是酒曲，是神奇的催化剂，变换心情，改写认识，修正观念。既然对同样一件事，不同年龄可能有大相径庭的看法，对同一本书，不同时间产生不同的感想评价，也就不奇怪了。说到底，阅读是和生命大致同步的，被一圈圈生命年轮围在中间的，是作为载体的不同的书籍，和经由它们催生、折射、反映出的阅读主体的不同的生命感悟。

现在明白了为什么叔本华说"有些书不宜读得过早"。除了极少数的天才和弱智这两种极端的智力状态之外，一个人什么年龄适合读什么，大致差不多。书籍是一颗种子，阅读者的灵魂是播撒其间的那一块土地，种子能否发芽，发芽后长势如何，取决于土质、温度、湿度是否合适，而这些指标更多隶属于时间的范畴。你不能要求小学低年级孩子能够理解《论语》、《孟子》、老庄佛学，尽管他可能熟诵里面的某些句子，但与真正领会其意义内涵是两回事。因为后者仿佛开在高处的屋门，需要经历来充当垫脚石，才能够登堂入室。我的女儿今年十岁，前两年喜欢《蜡笔小新》或《樱桃小丸子》，现在又缠着我让给买《数码宝贝》和哈利·波特系列，我觉得再正常不过，并不拿名著杰作来揠苗助长。所以，在一次老乡聚会上，当一位望子成龙心情迫切的家长说到除了各种外语、奥校课程外，他还为正在读小学三年级的儿子报了少儿哲学班时，我不由得失态地笑出声来。着什么急？等他步入青春的门槛，生和死的困惑开始像地平线上的闪电那样在远处闪现，像虫子一样咬啮他的灵魂时，哲学自然来找他了，挡都挡不住。为了呼应前面叔本华的说法，我还要说，有些书读得过晚，也是一种损失。年过而立，再来读维特和绿蒂的寻死觅活的爱情故事，恐怕很难心跳加快。如果他抛书而他顾，这既非书的过错，也非他的过错，只能怪缘分错失。

不揣浅陋，回顾一番自己的阅读经历，觉得大致也能够佐证此点。更早些不去说了，将大学时的阅读趣味和今天比较一番，就大相径庭。因为所读为中文系，举例也仅限于文学作品。当年，诗歌中最爱卞之琳，"明月装饰了你的窗子，你装饰了别人的梦"。看风景的人儿呵，又被人当作风景来看。落寞轻愁，如淡烟如飘尘一般缥缈，恍若无迹。还有朱湘的《采莲曲》，一度能通篇熟诵，因为印象镂刻得太深。"小船呀轻飘，杨柳呀风里颠摇；荷叶呀翠盖，荷花呀人样娇娆。"一个青春的、轻柔的、青绿色的梦境。唐诗宋词中，也爱读凄凉怅惘的吊古伤怀之作，"江雨霏霏江草齐，六朝如梦鸟空啼""六朝旧事随流水，但寒烟衰草凝绿"，等等。其实当时并没有也不能够理解那种砭骨的悲凉，只是因为青春生命中的哀伤淡淡急于寻找一处落脚之处，托身之所，"为赋新诗强说愁"，而将之误读、使之浪漫化了。不知从什么时候起，肯定是后来许久的事，开始喜欢上了宋诗，欣赏蕴藏其间的那种沉稳扎实的理趣与机锋："问渠那得清如许？为有源头活水来""不识庐山真面目，只缘身在此山中"，等等。钱钟书先生的那本《宋诗选注》，页边都翻得起皱了。

散文中，当年最爱的是抒情散文，徐志摩的《翡冷翠山居闲话》，繁花照眼，幽香拂面，信口唱歌，随兴起舞，真是好文章。今天重读，却只觉得轻佻造作，俗艳不堪，奇怪当年自己怎么会如醉如痴。如今，那一代的散文作家中，由当年的隐身幕后而变为登上前台的，是梁遇春、丰子恺，他们的作品远非徐氏那样的华丽秾艳，却是从心田里流淌而出，具有切实的生命感悟，不由得不打动你。不过要说到今天最令我心仪的，还是蒙田、爱默生等域外大师的随笔文章。既有来自经验和思索的透辟、坚实、强大的理性，同时依然涵养着鲜活的感性、热情，想一想，该怎样状写它们罕见的特质？

读小说，前后也不同，甚至是大异。当年读雨果的《悲惨世界》，简直崇拜得目瞪口呆。错综复杂的人物，跌宕起伏的故事，瑰丽奇伟的文笔，天下还能有比这更好的小说吗？谁要说有，我肯定是第一个激烈的抗议者。但现在却迟迟积蓄不起再度翻动的兴致：想起那些无处不在而又无奇不有的戏剧性成分，我就直想退缩。我明白，那种热情已随着能够容纳、激发、呼应它的年龄而告隐退。真实性，已经成为决定我当今的阅读取舍的一个执拗的、先决性的标准。今天吸引我的注意的，是这样的一些名字：卡夫卡的《城堡》，索尔·贝娄的《赫索格》，穆齐尔《没有个性的人》，等等。没有激烈冲突的故事，没有大起大伏的情节，没有所谓的典型人物，没有狂喜和号哭，没有消弭了矛盾冲突的大团圆。目光所及，都是庸常平淡的生活景象，然而其中自有让人感到惊骇的东西：雾一般飘忽而迷离的心绪，无声无息却又无始无终的悲剧性，个人的孤立、渺小和猥琐，面对强大的无物之阵所感受到的压抑和茫然。它们仿佛是从墙缝里透进来的阴冷的风，并不以张扬的方式存在，但却能够确切地被感知到。生活的真相，也正是藏身在这样的一团暧昧混沌的无形之形中。读短篇，那时喜欢莫泊桑，每篇不长，却有着跌宕起伏、一波三折的故事。还有欧·亨利，那一个个匪夷所思的结尾，真好。现在则喜欢契诃夫、契弗、还有卡佛笔下那些平淡的人生片断，它们比照着身边生活的样子裁剪而成，却又探测和挖掘了某种不凡，使其中的一些隐晦和蕴涵得以明朗、显形。那些男女主人公们的故事怎么那么熟悉，同样的遭遇不是也发生在你我身上么？——永远怀着变动的热望，却永远在既有的秩序里打转。总是向往远方，而远方也总是远方。某种可能的变化的闪光最终还是被习惯的云雾遮掩，被惰性的陷阱吞没。因为惯性的强大力量，因为环境比人强。

这种随着年龄而变动、应和着生命内在节拍的阅读兴趣，虽然容易为外人所忽略，但的确是真实存在的，每个有过类似体验的读者，当会颔首认同。我想将此现象称为阅读的季节感。仿佛在一个季节中，视野中总是会有一些发育得更为葳蕤茂盛的植物，在一个人生命的不同阶段，目光也会投向某一类特定的书。

前面谈到了不同年龄会喜欢不同内容，其实这种区别也表现为体裁、形式上的偏好。通过一种迂曲的通道，诗歌、散文、小说这些不同的文学形式，分别被赋予在在各异的职责，以表达与之相谐相适的感受、心绪或者思索。年轻时喜欢读诗、小说，因为在这两种文体中，生活以浓缩和放大的面貌出现：最强烈最细腻的情感，最感人最骇人的场景，最丰富的可能性，最纯粹的质地，等等。这当然更能够吸引眼睛总是向天边张望的青年人，因为那里面的一切才像真正意义上的生活，而眼下陷溺其中的生活不过是一种粗糙的摹本罢了——这样的念头毫无疑问是轻狂的，问题是谁在年轻气盛、信奉"生活在别处"的时候不曾受其蛊惑？前行不远，到了另一个阶段，风景便有所不同了。"结束铅华归少作，屏除丝竹入中年"，终日为生存、责任打拼，事务繁多但缺乏戏剧性，生活忙碌却没有新鲜感，可能读散文更好。这种文体，有着生命体验的全部要素，无论描述感慨，记录感悟，都是直抵内核，切中肯綮，同时又避开了烦琐的细节，褪去了夸张的色彩。

这显然为忙碌而务实的人生阶段，提供了一种技术手段上的便利。由此继续迈步，渐行渐远，守候在前方的便是老年了。老年容易让人想到冬季木叶脱尽的树木，外在风貌上已然是删繁就简，内在神魂方面也更邻近得鱼忘筌的境界。我认识的一位耄耋老者就曾经告诉我，因为精力不济，目力衰退，不能看很多的书，但又想读点什么，就找来格言、随感录等来读，读一则，想一会儿，体味其间深湛的况味。这一篇篇少则几十字、多亦不过几百字的短小文字，却实在具有充足的弹性和深广的空间，其中的某一句话，若引申开去，添加人物和事件，可能演绎出一出悲欢离合的人生戏剧，其丰富性足以铺陈出一部长篇小说，因为它本来就是来自于对许多次这样的生命历程的归纳总结。我想，这也应该是老年人基本不读小说的原因：经历几十度寒暑春秋，阅尽悲欢离合云诡波谲，早已经直接抵达形而上，还有什么必要再多看一段他人的故事呢？"太阳底下无新事"，所有貌似不同的故事都是遵循着相同的人性法则，沿着某一条必然性的轨道前行，或疾或徐。即便一位老人偶或会翻阅叙事性作品，那往往也不是小说，而是历史或纪实。不是为了了解，而是旨在印证。

　　在不同的生命季节里，阅读的视野会有扩张和收敛的区别。这一点具体体现在读书的数量和范围上。年轻时，生命充溢着扩张感，喜欢泛读博览，从数量中获得快感。那时节，也具备实现这一目标的相应的客观条件：事务少，时间丰富，为什么不让自己纵身一跃，投入书籍之海呢？单单是想到去浩瀚的书海击水，就足以带来良好的自我感觉。同时，年轻时也容易受舆论和时尚支配，上了排行榜的畅销书，会急切地找来一读。即便别人说不值得读，不信，偏要自己判断。人到中年，则谨慎得多，更愿意参考别人的建议决定取舍，众人都说值得读，再找来看，以免浪费本来就已经捉襟见肘、左支右绌的时间。步入老境，又偏向另一极端，别人说值得看，也轻易不肯跟随，只相信自己的判断，只愿意反复读某几种自己认可的书，因此数量上的急速缩减便是一个自然的结果。用数十年的经验、见识和心力，道道筛选下来的少数书籍，当然更值得信赖。当目光收缩聚拢到很小的范围时，每每意味着打量是细致和深邃的。日前去邻居家，见其年近八旬的老父亲正在读《东坡乐府》，手边还有一本翻开的《稼轩长短句》。邻居讲，这两本书，老人已经交替着读了一个多月了。老人的心境不好揣度，但又不妨揣度。是怀想曾经有过的"把吴钩看了，栏杆拍遍"的当年豪情，还是感慨"老来情味减，对别酒，怯流年"的晚岁心境？或许，某个时辰，萦回胸间的还有对已经故去的老伴的追想，"十年生死两茫茫，不思量，自难忘"？

"年年岁岁花相似，岁岁年年人不同"。物换星移，境随心变，同样的一本书，前后隔了多少年再来读，会有不同的体会。一部《堂·吉诃德》，少年看了开怀大笑，中年读来若有所思，老了再来读，却泪流满面。这样的书像一座藏有若干间密室的古堡，开启各个房门的钥匙是不同的年龄数字。一部书倘若具备这样的品性，就不复是那种只在短暂时间内生长的应季作物，而成为一棵贯穿悠长岁月的大树，沐雨栉风，与时间对抗。这往往是那些书籍中的杰作的共同特性。相应地，对它的阅读也就像一次需要心力和体力支撑的长途跋涉，当然是要跨越具体的、有限的时间界标的。

大多数的好书是具有普遍意义的，是喂养一切人的面包和水。但当一个人有了某种特殊的遭逢，心境思绪因而长久萦系时，他当会情有专属。有一些具有同样的质地的书籍，就会进入他的视野，有的最终将作为其生存境遇的印证之物驻留下来，化为他的精神地形图中的一个点或者一条线。在它们身上，可以凝聚和寄寓他对于生活的理解，他的悔恨和梦想，欢乐和疼痛。袁中郎描述自己读到徐文长诗文时的心情，"不觉惊跃，灯影下，读复叫，叫复读"，字句间雀跃而出的，正是这种深得吾心、一拍即合的知音之慨。他人的著作往往成为自己情感思想的孵化器，成为浇开胸间块垒的一杯酒。从感应、共鸣出发，他走向进一步的阐扬引申，将探索的疆域向更远处延展。谁不幸遭遇疾病的长久惨痛的蹂躏，辗转于生与死的交界，读史铁生的《我与地坛》《务虚笔记》等，必会有沉痛而剀切的感触。他从个体的残疾，憬悟到一切人类其实都在限制之中生活，残疾是生活的本质，从而获得一种超越。一帆风顺志得意满的人，对此恐怕难以理解，某个红得发紫的女影星，就在自传中写道，她乘飞机，从舷窗俯瞰地面，激情满怀地想：天下不管什么事情，只要我想做，就一定做得到！听那口气，简直是那位无所不能的上帝。如今此人已经因诈骗和偷逃税而锒铛入狱，铁窗之内，不知是否还有这样的豪情。每个人都有自己的命运，如果谁的生命能够一直风帆高张，当然值得羡慕。但问题是他迟早总会遭遇颠踬，即使躲避开了一切挫折磨难，最后还有无所逃避的死亡。倘若始终不曾进入这样的思索层面，难免有一天会无所适从。

不好简单地说什么时候适合阅读什么，因为这方面的情形复杂，变数众多，难以一概而论。任何圈点排列"必读书"之类的举动都是冒险和轻率的，哪怕这样的做法出诸大师宿儒之辈。但是另一方面，却可以指出任何时候都不需要读的书，就像美女的标准因人而异，丑女却能够很容易地指认一样。它们不过是一些杂草，暂时寄身田垄，一番摇曳后，即告凋零摇落。远的不必说，近的不急于说，说说过去了一段时间、但还留有一星残损的印象的，像上海或者北京的"宝贝"们春宫画般的自我裸露，像小资们孤芳自赏的、螺蛳壳里做道场般的轻吟浅唱，就都是这样的东西。

大地的泉眼

寒冷寂静的冬夜，不想去按电视机的揿纽而又缺少可与倾谈的对象时，逃向文字便成为一桩聊以自娱的事情。但这一次手伸向的不是书，而是一本刚刚摆到桌上的崭新台历。它正躲在台灯温馨雅洁的光亮里，很有耐心地等待着即将由它管辖和分割的日子。此刻已是岁末，窗外悄然飘落的一场大雪正用洁白和简练迎迓一个新的开始。

没有想到一次信手翻阅会成为一篇文字产生的契机。随着一个别致而富有诱惑的念头骤然跳上心头，联想之网也迅速地在脑海中架设起来。接下来便是意义的渐次涌现，像泉水从大地的深处汩汩冒出一样。在一个适当的时间我拿起笔，我胸中积蕴的东西在寻求表现。

触动来自台历本上的节气。

惊蛰，清明，谷雨，芒种，白露，寒露，霜降……在我的手指随意的翻动下依次出现了这些字眼。开始并没有引起注意，对我来说它们和上面的月份、日期、星期几一样，不过是一些抽象的标示。但随着它们联翩而至并且轮回成一个完整的四季,我的面前开始凸现一些亲切而模糊的形象。我将目光从纸上移开。像一条琴弦被一根手指拨动,我感觉到胸间某种板滞的东西正在剥蚀、融化,而一种遥远的原野气息却慢慢地鼓胀,渐渐地盈满了。

我该从哪里开始我的诉说呢?

雪把一切都遮掩了,凸起和凹进这样的词汇在这个日子很难被想起来。早上推开门,满眼白皑皑光亮会刺伤人的眼睛。要是深深吸一口气,就会觉得是把一部分冬天都吸进去了。脏腑像被谁蘸了雪擦拭过一样。我说的当然是乡间,最好还是童年。

那样雪地上很快就会排起一行行的小小脚印,绕着一个肥胖的雪人。一定还会有响亮的笑声、叫喊声,和着被脚步溅起的雪粉,飘飘洒洒。但后来的日子却很寂寞了,雪人渐渐消瘦了但坚硬了,落下的灰尘使它看上去混沌而迷惘。

小雪,大雪。窗外皑皑的白色为我的思绪准备好了开端。有这一大片素净作铺垫,我相信足以保持它的纯正。一场飘飘扬扬的大雪,就是一片银屑样的记忆,幻化出童年的天空和大地。

真正理解语言并领受它的魅力,需要一些特殊的时刻。那时,它的朴实和凝练,它的生动和丰富,使得事物仅仅是由于它们,而不是因为自身,才显得容光焕发。洛根·史密斯说过:"世界上,究竟,还有什么慰藉比得过语言带来的安慰呢?"

语言的魅力常常并不取决于描写的繁复摇曳。有时,倒是一些简约至极的词句反而更能拨动感受的琴弦。我不知道该如何解释这点。或许,它的不加修饰的素朴正像一片无遮无拦的原野,为想象提供了最为宽阔的空间。摆脱了具体狭隘的经验的拘囿,这样的想象最能接近事物的本质，同时散发出浓郁的诗意。

小雪，大雪。想出这两个词来概括一段节气的是聪明人。它把性状和差异、现时和趋向都收容在一起了。你还能找出比这更恰当的表达么？在纷纷扬扬的背景中时间隐匿了，寂静寒冽袭来无声。

日子过得很快。"冬天来了，春天还会远么？"在读懂这句诗之前许多年，我们就已经记熟了它。窗外的雪很厚，但用不了几天它便会消融得无影无踪。它到哪里去了？天空和地下有它们的消息。不过你马上会发现，这是另一个季节的故事了。

立春，雨水。春天的降临如同一个童话的开始，这个童话弥漫着湿淋淋的气息。一年中的第一场雨从天上落下来，润湿了、松软了冻结一冬的土地。冬眠的动物苏醒了，纷纷出土活动。惊蛰。这两个字里有着隐隐的雷声，有一种突如其来的、让人心灵生发出愉快的紧缩的东西。

迈进"春分"的门槛，白天就和夜晚一样长短了，就像两间大小形状完全相同的屋子。但很少有人会细心品味这一点，前面几步开外，"清明"正从一片绿意迷蒙中散布着湿润柔和的光亮。说到清明，人们通常会想到清明节，节气在这里第一次成为了节日。墓草萋萋，纸幡飘飘，哀思播撒在这一天，好像连绵迢遥的春草。文化传承的力量强大而深厚，不过这种理解显然是后来被赋予的。这个词汇的本来意义仍旧是描述性的，就像字面透露出来的那样充满感觉：天气温暖起来，天空晴朗，草木繁茂，空气清新润泽。清明，这两个字里有水汽氤氲。

这以后，雨水愈发多起来了。这时的雨水是为了唤醒谷物的种子，发芽出苗。谷雨。因为是和收获、生存系连在一起，这两个字显得分外美丽，令人动容。滋润万物生长的雨水，带给我们口粮的雨水呵。

"好雨知时节，当春乃发生。随风潜入夜，润物细无声。"雨水的春天呵，一千多年前让杜甫欢喜欣快的雨水，如今依然飘洒在我们感受的天空。喜悦恒久如初。

诗的最初的源头在哪里呢？

当我们阅读节气时，其实已经是逼近它的边缘了。这一刻，感受向世界敞开，原野的鲜腥气息注入胸中，灵魂感到了微微的悸动。拂掠过它的是自由的风，而风来自大地。

因此诗要向大地叩问。

节气无疑包含了最为原始质朴的诗意，它直接源自大地，就像雨水从天空落下，而未经过过滤和雕饰。它给人看到大自然率真的表情和微妙的灵性。它是大地上轮番上演的戏剧的一幕幕背景。

诗潜藏于大地的深处，节气是它涌现的泉眼。水声汩汩。

春天是萌发，夏天便是生长了。季节的脚步是纵向的，它像传说中的精灵，喜欢沿着作物的秆茎上上下下。关于夏天的节气，我愿意接受这样的想象。

麦子的籽粒饱满了，北方，绿沉沉的麦田一望无际，大地陡然感到了重量。小满。这样的命名意味深长。饱满的籽粒是农业时代人们的梦想，这个词里有着沉甸甸的希望。

风在大地上吹，黄金色的麦浪起伏涌动。成熟和收获的时节来临了。芒种。这两个字指的是麦类等有芒作物的成熟，多么质朴无华。农人的眼光唯有在这一点上才显出精确细腻，你能想象出他们怎样一次次挽起麦穗细细端详。风在丰饶的大地上吹，金黄的麦浪照亮了劳动者的眼睛。哦，亲爱的麦子！

到现在为止发生的一切其实仍然是序幕。夏至来临，我们才正式走入季节的深处。这一日的白昼最长，夜晚最短。太阳选择这一天实施它一年中最长的一次统治,既是预兆,又是象征。紧接着,炎热撒一张巨网,罩住了大地山河,城市乡村。天空和土地的火力毫无遮拦、酣畅淋漓地喷射着,暑气一日甚过一日。炎热炙烤着漫长的夏三月,连绿沉沉的田野,也仿佛是凝固的绿火焰呵。小暑,大暑。念起它们时脸边拂过夏日的热风。

可是还有蝉歌如雨,还有暴雨如注,还有阳光的鞭子凶狠地抽向大地……那么多的节目正在搬演,大自然的威力和魅力在这个季节最为袒露和彻底。我们睿智而善感的祖先,为什么不曾用别的字眼来表达这一种热烈?

小暑,大暑。只是这样的简单朴拙。但无疑它们是对的。这样的字里有着一切:色彩,声音,所有的细节。它们是原色,其余的只是它们的伸延和表现。

当我们一任自己被感受之船载负,沿季节河道顺流而下时,另外一件事情也在悄悄发生。我们透过节气的舷窗向外张望,结果看见了儿时跳跃的身影。好像童话中读到过的,某人不经意间进入了一条时光隧道,于是往昔重现。

没有什么时候比童年更贴近土地。池塘,树林,果园,草场,这些地方在印上我们稚嫩的脚印的同时,也占据了我们的心灵。捉迷藏,戏水,掏鸟窝,摸鱼捞虾……儿时的欢悦深藏在大地上的每一个角落,每一阵微风中都有我们的笑声。

诗就是这样同生命结缘。大地是诗之源泉,童年的心灵最容易受到它的浇灌。许多年后我们在日渐阔大的河流边漫步,涛声浩荡中,我们听得见最初的潺潺和泠泠。

所以返回常常很有必要。时光一往无前,但自由的心灵却可以回溯,回到过去。那里有生命的根。每个人都应适时回去,培一捧土,或者浇一罐水。他会发现，这样他站得更稳。

看看又到秋天了，大地上的故事也掀开了新的一页。"立秋"的信号在夏天浓绿的襟边打出时，太微弱了，几乎没有人看到它。风还是那样热，蝉声还是那样响亮。

但端倪终于逐渐显露。变凉变爽的皮肤知道气温在降低，变白变硬的小径知道雨水一天比一天少了。这就是"处暑"。暑气飘散，夏天的背影也慢慢不情愿地隐去了。

再后来，到了夜间，空气中的水分会凝成露珠，缀在紧贴地皮的草叶上，晶莹清亮。如果春天是从天上飘降的，那么秋天则是自地表滋生的。这些日子被称作"白露"。露珠是大地分泌的泪珠，是对于刚刚过去的那个火热季节的悲悼和祭奠。接下来"秋分"到了，白天和夜晚再次一样短长，但谁都清楚，从此后路标指着完全相反的方向。从这道后门出去，有一天人们觉出脚下越发寒凉潮湿，发现原来已经走得很远了，周围是被割倒的庄稼和枝叶日渐稀疏的树木。寒露。有几只蟋蟀颤颤瑟瑟地唱出这个调子。

第一场秋霜多半飘降在拂晓前混沌的梦境里。它看去那样黯淡，凝滞，沉闷，了无生气。对它们产生爱恋是不可能的，因此"霜降"是一个再平实不过的言说。这个轻描淡写的词汇有意掩盖了许多人们不愿见到的东西，譬如因叶子脱光而露出的褐黑色的树干，譬如连日灰蒙蒙的天空和缠绵冰凉的细雨。

有人很投入地望着田野，进而很落寞地看自己的心，写下一些让人怅惘的句子。这样的人被叫作诗人。诗人的年龄几乎和土地有记载的历史一样长，五千年诗的天空中，布满了他们嘘气凝成的片云。秋天降临到人的心上，这就是愁了。在造字的时候，做出这样规定的一定是他们中的一个。诗人是田野最诚笃的守望者，风向着他吹。

这样的人如今越来越少了。人们坐在舒适的沙发上，喝着五光十色的饮料，眼前大屏幕电视播放着一个个悲喜交集翻云覆雨的故事。室外，楼顶上巨幅的霓虹灯广告闪烁明灭，歌舞厅里嘶哑的声音随风飘荡。城市里有太多的去处可供娱乐宣泄，人们还有什么理由不满足呢？

就这样，在物质累积的背后也暗暗滋生着贫困。水泥地面和摩天高楼将天空和土地隔绝，机器的轰鸣和流行音乐使人远离鸟鸣和水声。人躲进一个个狭窄的笼子里，什么样的风才能吹到他？人们不再用皮肤，而是靠电视广告里的应季服装，来感知节令的变换交替。没有谁肯去关注最后的雪和第一场雨。感受之水被闸断了，失去滋润的心日益干涸荒芜。

我们获得了舒适，却丧失了诗。我们拥有了过多奢侈的东西，却远离了土地。谁能算得清其间的予多得失？

一百多年前，在那本有名的《瓦尔登湖》里，梭罗记下了这样的思想：每一个人，一年中至少应该有一次，放下手头的劳作，来到一片未受袭扰的田野或湖畔，静静地站上一会儿，直到清新的空气注满他的肺部。在今天，这些话依然适用。压迫我们的东西，似乎更多更重了。

节气，在这中间扮演什么角色呢？

没有鸟可以单凭一只翼飞。事物栖居于空间和时间的双重维度。如果诗是种子，大地是温床，节气便是风和雨水。每一朵花，每一颗果实里，都藏着一个小小的季节神。

最后一只寒虫噤声时，最后一片枯叶飘落时，冬天的大幕便完完全全拉开了。立冬。标示四季开始的用语都一样平淡，但唯有在冬天，视野中一望无际的单调枯燥，才最能够与这个词的缺乏色彩相匹配。在这样的日子里，只能巴望来一场雪，好给黯淡的底色刷上一层耀眼的白。

小雪，大雪。小雪过后是大雪。但怎么回事？睁大眼睛，眼前依然只有稀薄的阳光和凛冽的风，偶尔飘下薄薄几片雪花，刚刚触到人的鼻息便融化了。看来大自然有时也会开开玩笑，它允诺，但并不急于支付。它在等待合适的时候。

这个日子常常在房檐下垂的冰溜的断裂声中来到，充当伴奏的是西北风的呼啸。冬至。最冷的时辰从这天开始，最长的黑夜也属于这一日。冬天的安眠曲奏响了。在某个弱音或停顿的部分，雪，真正的冬天的雪，无边无际的、鹅毛般厚重而温暖的雪，梦一般飘落下来了。

看雪的人早晨走到户外。雪把一切都遮掩了，凸起和凹进这样的词汇在这个日子很难被想起来。他的鼻子和耳朵冻得通红，嘘气时像一根小烟囱。从仿佛发出脆响的空气中，他听到，两个日子正在走来：小寒，大寒。

孩子们的笑声飞扬起来了，无忧无虑，空旷响亮。但他似听未听。他只是很有兴趣地看着尚在飘舞的雪花，脑海里一些印象、一些画面相互叠加了。他知道，这是去年的雪，这也是明年的雪。

一年就这样过去了。对于大地和岁月，这只是极为短暂的一瞬。一只土拨鼠飞快地从田埂溜过？一只鹰隼迅疾地射向高空？

但在诗人的意识里，时间却模糊了，隐匿了。他看到的只是一个美丽的环，首尾相衔，无始无终。环串起了时间，环因而在时间之外。这个看不见的环上，这儿那儿，像钻石的闪光一样，放射出强大的诗意。这便是节气。音乐，图画，神话乃至历史，在它无穷的循环中渐次显现。

这是真实的么？再没有一种真实能够和它相比了。读懂了它，一切文字便都索然无味了。这其中什么没有呵？——土地、自然、季节、诗。

没有理由不为此感动。大地已将自身向我们敞开，启示是清晰昭然的。

海德格尔说过：人应该诗意地栖居。

最后，二十四节气歌是这样唱的——

春雨惊春清谷天
夏满芒夏暑相连
秋处露秋寒霜降
冬雪雪冬小大寒

第三辑

身边的冬野

冬至之日,我又来到了这一处远郊公园。

一年四季,我多次来到这里,目睹过它不同时节的容颜和神情。冬至节气的到来,意味着冬天进入了一种纯粹深沉的状态,最能够袒露出这个季节的本质和底色。

没有一点风,前后左右,到处都是一副静寂凝止的模样。抬头看去,天空呈现为一种均匀的淡蓝色,没有一片一缕云彩,仿佛有几分不真实。一排高大的白杨树,稀疏光秃的枝干叠印在一尘不染的天空中,线条疏朗遒劲,有油画般的效果。

目光从高处和远方渐次滑落,徐缓地移到眼前。脚下是一条柏油路,路边的草地上,连同每一棵树的树坑里,都盖上了厚厚一层黄褐色的落叶,干枯卷曲,仔细看还裹着不少细细的树枝。路的另一侧,是几畦收割后的稻田,一簇簇大约两寸高的根茬,紧紧贴附在浅白色的干涸的地表上,像是凝结了一层薄霜。

前方不远处是一个小湖,曾经的潋滟波光已被封存于冻冰之下,冰面坚硬粗粝的质地，望过去就能感受到一阵寒意。几个年轻的父母带着孩子在溜冰车，动作姿态像是电影里的慢镜头。湖边一圈茂盛的芦苇变得枯干，白茫茫一片，苇秆顶端一簇簇单薄的芦花，在几乎静止的空气中微微摇曳。

  一种深沉寥廓的宁静笼罩着原野。公园远离城市，乡野的特色十分明显，加上游人稀疏，就更是如此。但主要的原因还与时令有关。在其他几个季节里，大自然呈现出的是无比的热闹和喧哗。那么多的乔木和灌木，花卉与杂草，用树冠的搭连，用枝条的交错，用藤蔓的牵绊，用根须的虬结，彼此勾肩搭背地交织在一起，茂盛葱郁。它们遮蔽了天空，阻挡了平视的目光，更将地面遮盖得严严实实。

  在春天和夏天的漫长时日中，我曾经颇费心血，才弄清楚了很多树木花卉的名称，但如今却又有不少重新变得陌生。我知道，是冬天不动声色地破坏了我的努力。我与它们的联系，在很大程度上，是通过不同形状色彩的枝叶和花朵建立起来的。伴随它们一同出现的，还有一种特别的氛围，来烘托和强化各自不同的情调。但这些凸显不同植物科属的特征的东西，在这个季节中却被极大地剥夺和削弱了，让我试图叫出名字时变得迟疑。我感到一些轻微的沮丧。花朵凋谢，树叶脱落，只剩下树枝简洁刚劲的线条，每一棵树，每一株花，都成为独立的个体。那种茕茕孑立之感，即便是从最为邻近的两棵树中，也能够感受得到。

  这种情形，让我联想到一个人的孤独和迟暮。

  如今想来，数月前的从绿叶纷披杂花乱眼中走过，以及油然生出的亲昵愉悦的感觉，都好像不真实，仿佛一场梦幻。庄子的梦里，不清楚是自己变成了蝴蝶，还是蝴蝶变成了自己。置身冬日的原野中，在某个恍惚的瞬间，我也产生过这样的意念：哪一个才是错觉，是眼下视野里的肃杀萧瑟，还是不久之前的蓬勃葳蕤？

  这样的静寂和旷远，容易让思绪从眼前逃逸出去。我的意识曾短暂地跌入遥远的过去，脑海中模糊地闪现出华北农村的乡野田园，在那里我度过了童年。它们影子一样飘忽，连接了某件模糊的往事，某种朦胧的情绪，但都不能成形，仿佛一只掠过天空的飞鸟，还未来得及看清楚就消失了。

一片萧条中，万物都在收敛和缩减，返回自身的质朴素简。唯一相反的是树上的鸟巢，它们获得了放大和凸显。我好像第一次意识到，高高低低的树杈间，原来藏着这么多的鸟巢。其他几个季节里，它们被繁茂的枝叶遮蔽了，大多数看不到。它们的居民的身影，在当下也显得更为活跃。时常会有一只或几只鸟儿从头上掠过，像是一道闪电。但我很少听到鸟叫声，或许是被寒冷哑暗了歌喉。它们落在地上，在枯干的白草丛中走动觅食，身上的羽毛黑白相间，既庄重又滑稽。更经常见到的是成群的麻雀，从某个方向飞来，倏地落在一棵树高处的枝条上，像是骤然降下的一阵雨点。

一只流浪狗追着我跑了一段路，有时跑到身旁，随后又后退几步，目光中有一些讨好和乞求，还有几分胆怯和畏惧。它试图接近我的目的，不过是为了寻觅一口吃的，可惜我什么都没有带。这样的严寒季节，对它是至为艰难的时日。

四野寂寥。我想到了一个说法："冬藏"。《史记·太史公自序》中写道："夫春生夏长，秋收冬藏，此天道之大经也。"这个属于节气物候的古典词汇，指代的是大自然的规律，本身也具有一种文学的意味，一种修辞的魅力。

走在裸露着的田野里，满目的简约清爽，让人能够更好地理解这个词汇的含义。这个时节，植物都将生命收缩在根茎里、枝干中、树皮下，仿佛坠入了一个漫长深沉的梦境。你很容易想象，当一场大雪降临时，便是给大地盖上了一床厚厚的棉被。

但沉静并不是死寂，虽然看上去似乎萎靡呆滞，但这只是假象。每一棵树都抱紧了生命。缺少光泽的粗糙的树皮下面，有汁液在蓄积和流淌，等待着合适的时刻，再将自己打开。几个月之后，我们将看到新一轮的繁盛，春天的生发，夏日的张扬，会重新降临在大地之上。就仿佛在生活中有时会看到的情形：一个人消失了，几乎被人遗忘了，但有一天重新出现，像是换了一个人，周身闪耀着别样的光彩。

一路走着看着，到处都能接受到这样的预示着蜕变的消息。

供游人散步骑行的绿道两旁，杂乱的枯叶盖满了枯黄的草地，中间掺杂着坠落下的数种树木的不同形状的果实，被融化后的残雪和泥土弄得脏污。它们都将化为肥料，滋养下一季的春华秋实。几株忍冬萧瑟光秃的枝条上，还挂着一串串豆粒大小的浆果，为小鸟提供点心，虽然色彩已不复秋天时那般晶莹红艳。那一丛有着小丘般阵势的藤蔓，我认出是连翘，春天时压弯了树冠的繁茂花朵，曾照亮过周边不小的区域，如今虽然片叶皆无，但那种蓬勃霸气的风度和姿态犹存，没有被寒冷剿灭。它们等待着地下的看不见的阳气生发、汇聚和壮大，到了合适的时候，生命从枝条花卉中喷涌出来，猛然间再一次将天地攻陷。

循序渐进，物极必反，周而复始……这些成语由于耳熟能详而显得平淡无奇，但并不因此而失去它的力度。大自然以循环轮回的方式，完成着自身的递嬗运化。一条看不见的巨大链环，在天空与大地之间，不动声色地架设起来，伸展开来。我看到的一切，都是这个链条上的细节，即便是最为细微琐屑的部分，透露出的也是某种整体性的信息。

我想到了一位美国作家兼自然学者包罗斯的一段话："自然之书就像是以各种语言、不同字体所写成的篇章：横七竖八，掺杂着各式注脚。有粗大的字体，也有细致的笔迹，有隐晦的图标，也有象形文字。读得最慢，甚至干脆停顿下来的人，读得最好。"眼前的风景里，那一份单调中的丰盈，枯索中的活力，无疑也属于自然之书中的一页。

我停下脚步，望着身边的这一片冬日原野。我希望自己也能够成为一个合格的读者。

在季节的转角

搬来这个地方,花草可能先于我而有一种归属感。

原本在城里的家中萎靡不振的它们,来到此地仅仅几天,就变了个模样,虽然时令已经进入深秋,早晚间有了明显的凉意。几棵三角梅,原来只是开出零星的花朵,一副敷衍应付的样子,但在这里却是繁花缀满枝头,颜色各异,同样艳丽恣肆。两株木香,花藤一直稀疏细弱,光秃秃的,自从移植到小院里的花坛中,藤条很快变粗变长,攀上了网格状的木栅栏围墙,更是绽放出一簇簇茂盛的叶子。

变化首先应该来自这里的阳光。

这个地方地势高,阳光充沛,每幢楼房朝南的方向,家家客厅阳台外面,都安装了黑色的太阳能热水器光伏板。这个时节,只要天气晴朗,热水器仪表上仍然显示水温将近五十度,不需要电辅助加热,就足够一个人洗完澡。

这样的日子,坐在小院里,背部被阳光烤得暖和舒适。

脚底处,阳光投下的一片阴影里,偶或会有体形微小的生命在蠕动。仔细端详，有时是小蜘蛛，有时是七星瓢虫，有时是被俗称"臭大姐"的椿象，有一次则是一条多足的蚰蜒，来自墙根下潮湿的石头缝隙。最多见的是蜜蜂，时常在头上眼前绕飞。房子装修期间，它的族群里的一支，甚至可能是它的亲属或者邻居，曾经希望成为这里的住户，在太阳能光伏板和入户门门框之间，建造了一个精致的蜂巢，发现时已经颇有规模。我几经犹豫，还是未能克服某一天会被蜇的忧惧，将它捅掉了，但因此却又生出一种愧疚感，好几天中隐约浮现。

三只猫也带过来了。它们高兴起来，就不如花草那样含蓄优雅了。阳光透过落地玻璃投在客厅木板地上，它们蹲在紧靠门口的地方，眼睛睁圆，对外面既向往又有些畏怯，小心翼翼地迈过门槛，走到台阶上，很快又退回去。我相信这种犹豫不会很久。不过我恐怕要担心了：一旦跑出院子迷了路，它们还能找回来吗？

有两只麻雀似乎也在想这个问题。它们飞过来，站在遮阳棚的檐角上，歪着头看，啁啾声中，好像在问我们是否习惯这里。猫望见了它们，激动得牙齿战颤，有一只直立起来，挥舞着两只爪子朝上跳跃，把窗帘纱抓出了几条抽丝。看到麻雀扑棱棱飞走了，只好悻悻地转身追逐蛾子，它们是从敞开的窗子里飞进屋的。

抬头望去，前方两幢楼的尽头处，高高矗立着一台风力发电机，白色的塔架在蓝天下分外醒目，电机顶部三扇叶片优雅地转动着。这里的阳光好，一大原因是风力强劲，雾霾云气无法聚集，因此风力发电也成为当地重点发展的新能源。在小区里的一个小丘上，能够望到有几十台风机，远近高低地分布着，风的强弱不同，叶片的转速也快慢不一。

风车的背景是几列重叠的山脉，山脊勾勒出棱角分明的线条。山上岩石嶙峋，即使在草木最为浓密的夏天，它们也没有完全被覆盖，裸露出一绺绺一片片的灰白色。这一带地方位于北纬四十度线上，是葡萄种植带，山脚下是绵延无际的葡萄园，出产的葡萄颗粒饱满，味道甘甜。一条贯穿县境的公路旁，隔上不远就有一个酒庄。

但在这些天里，我品尝更多的还是海棠果。海棠树在这里到处都是，深秋果实成熟，枝叶间缀满了珠子一样的果实，树下更是落红满地。它们成为我好几次散步时的收获，因为实在太多，采摘也太方便，每次都很快就装满了一个塑料袋。完全成熟后的海棠果，酸甜中有一种糯软的口感。

而就在旁边，山楂树也在发送邀约的信号，用红果坠落在灌木丛中或草地上发出的窸窣声响。它稍稍低矮一些，但树冠更为铺展纷披。还有藤本的天目琼花，它的果实豆粒大小，虽然不能食用，但晶莹透亮实在可爱，像一颗颗鲜红的玛瑙。它们在人行道旁密布，散步走过时，时常会被其中几株牵衣碰头。对它们来说，我是一个罕见的检阅者。折一枝带回家，插在装满水的玻璃瓶子里，鲜活的姿态能够保持上一周。

我是这里最早的住户之一。

这是一个开发不久的小区，尚有不少房子待售，已经售出的大多正在装修，因此白天见到的多是工人。一到夜里，除了甬道上太阳能路灯发出的柔和光亮外，一幢楼房亮灯的也就两三户。我望得见天幕之上晶亮的星星，这样的体验多年中很少有过。还赶上过一次十五之夜，月亮银盘一样，照耀着下面的一片静谧迷蒙，再配上一只蛐蛐的叫声，有几分地老天荒的感觉。

但我并没有感到一点孤单寂寞。

半个月来，我的脚步探索了周边不小的区域。三公里长的林荫大道两旁，是高耸迤逦的白杨树，下面是两三排海棠树，海棠树后面就是绵延无际的葡萄园。我快走或慢跑过几个来回，感觉自己变成了一只鼹鼠，一只飞鸟。在一排茂盛的格桑花花丛中，我第一次见到蜂鸟，它扑簌簌地悬停在一片花瓣上，像一团小小的颤抖的雾气。

步伐迈向另一个方向，就走到了水边。这是一个很大的水库。我喜欢在黄昏时分，看夕阳给广阔的水面涂抹上一层炫目的金光。水库边的浅水中矗立着一台高大的风力发电机，水面上方几米高的基座钢架上，麻雀们筑了一个颇大的巢，有时数百只一齐腾地飞出来，短时盘旋后，又像雨点一样落在旁边的芦苇丛中，老远就能听见吱吱喳喳的聒噪声。目光越过芦苇紫色的穗子，能够望见水库对岸的高低台地，以及后面一抹山脉裸露的背脊。

空间的远方递入眼帘时，时间也在心头氤氲一种遥远。

我如今只是暂时居住，是一次铺垫，一首序曲，正式的演出是明年夏天，以及此后更多的夏天。这里比我生活的城市年平均气温低上五度左右，适宜避暑。在不很遥远的将来，我将成为它的常住人口，会看到这里每天的日升日落，看到季节的身影慢慢地转动，看到老年的岁月大水一样漫来。

泛泛谈论未来不免有些笼统含混，不如说得具体一些，譬如明年夏天，这样我的计划才不会流于漫诞疏阔。我将留心初夏时节树木鲜亮洁净的绿色，感受盛夏炎热的日子里穿堂风掠过时的惬意舒适。今年我吃了不少海棠果，明年我有责任熟悉它开花的样子。同样需要关注的，还有葡萄藤蔓汁液饱满时的形状。倘若有更大的雄心，我还可以考虑去考察风掠过林间和水畔时不同的等级力度，去探究充满腐殖质的土壤的松软程度，绘制鸟类的图谱，建立花卉的档案。

季节的步伐缓慢而坚定，仿佛一支纪律严明的军队，士兵衔枚而行，悄无声息，等觉察时已经兵临城下。院子里移栽的几棵玉簪，茂密油亮的宽大叶子在十来天中变得残损萎靡。在同样的时间里，我看到窗外的海棠树叶渐渐变黄变稀疏，看到墙角处一株日本红枫，变戏法似的化作了一簇火焰。几天前，在小区里的酒庄旁，我看到一台葡萄破碎机正在清洗，周而复始的酿酒流程，又将进入新一期循环。秋和冬的交替，仿佛走路时转过一处墙角。

　　再过不长的时间，我要回到城里过冬。走之前，要将小院里几棵新栽种的树苗用无纺布包裹严实，把浇花的喷头取下收好，排掉水管里的积水以免结冰冻裂。这里的冬天漫长寒冷，驱动风电机转动的风，在几个月的时间中会愈发强劲而凛冽，会带来一场场厚重的雪。

　　但这不等于说，离开的日子，我就隔断了与它的联系。

　　技术的进步，让传说中的千里眼顺风耳都变为现实。我给小院安装了监控摄像头，能够通过手机远程遥控。将来任意一天，我都可以随时从手机屏幕上，看大雪飘落，听大风呼啸，看装在围墙墙垛上、卡在栅栏缝隙间的几盏不同造型的太阳能灯，发出乳白色的光亮。它们不怕寒冷，只要阳光强烈，就会储存足够的能量，不知懈怠地彻夜发光。

　　小院被施工的遮板遮挡得很严实，围合成一处安静避风的空间。那时候一定会有小鸟来访问，在院子里蹦跳，在雪地上留下小小的爪印。

　　鸟儿也会盼望春天的到来吗？

头脑中的旅行

对一个当代人来讲,旅行是一件平淡无奇的事情,已经成为了日常生活的一部分。虽然因为时间、财力、爱好程度、健康状况等条件的差异,在不同的人,有走得近或远、次数的多或少的区别。但在古代,甚至只是在一个世纪以前,旅行还远远没有这样普及和便利。那时候,技术落后,交通不便,旅行经常是和冒险联系在一起的,另外还要有相当的经济实力来作为后盾,因此有条件旅行的只是极少数人。

所以,那时候的一些人尤其是文人,愿望难以满足,只好经常借助于幻想,在头脑中旅行,或者换成一个人们更熟悉的说法:卧游。文人许多是贫穷而兼病弱,但却拥有丰富敏锐的感受力和想象力,现实生活中的阻碍反而进一步激发起他们的热情。一幅图画,一些纪念品,别人的只言片语,书里一段并不起眼的描绘,都能够成为点燃他们的灵感的火种,最终蔓延成一片熊熊烈焰。借助想象力,他们能够生动地描绘出一个地方的景色氛围,读来有身临其境之感,仿佛作者一直就是在那里生活的。

被尊为现代派诗歌鼻祖的法国象征派诗人波德莱尔,就突出地体现了这样一种才华。他的不少篇章,都表达了对于远方的向往。远方,始终是一个魅力和诱惑的巨大泉眼,汩汩涌流出诗意和美。他的情妇是一位混血儿,有着一半非洲血统,据说正是她周身所散发出的异域气息令他痴迷,她的一颦一笑,都让他恍惚感受到了遥远的、另外一个大陆的奇异魅力。他有一首散文诗《头发中的半球》,这样描绘自己把脸埋在情人的头发里,长久地嗅着她的发香:

你的头发蕴藏着一个完整的梦,充满了船帆和桅杆的梦;它也包藏着大海,海上的季风把我带到那些迷人的地方,那里的太阳显得更蓝更深,那里的大气充满果实、树叶和人类肌肤的香味。

在你的头发的大洋里,我恍惚看到一个海港,那里充满忧郁的歌声,麇集着一切种族的强壮男子,在那飘荡着永远的暑气的广大天空里漂着很多显得结构复杂而精致的各式各样的船舶。

在你的头发的炽烈的火炉里,我闻到混有鸦片和糖味的烟草气味;在你的头发的黑夜里,我看到辽阔的热带蓝天闪闪发光;在你的头发的长满绒毛的岸边,我沉醉在柏油、麝香和椰子油的混杂的气味之中。

…………

从这些文字中,你能强烈地感觉到诗人感受力的灵敏和丰盈,视觉,听觉,嗅觉,都全方位地、酣畅地敞开着,借助于一些要素,生动地描绘出遥远地方的风光气氛,生动逼真,栩栩如生。而这一幅幅巨大的、声色流溢的画面,最终是靠着强大的想象力来加以拼接、连缀和黏合的。

终其一生,波德莱尔都被港口、轮船、铁路、火车以及酒店客房所吸引，因为这些都连接着远方，通向另外的生活。那是和巴黎的阁楼、集市、咖啡馆迥然不同的生活，丰富、神秘而幽深，笑容和哭泣，德行和罪孽，都具有一副独特的表情。他经常为到不同地方去的选择而顾虑重重，拿不定主意，因为这些地方都有吸引力，鱼与熊掌，他都想得到。

其实，目的地是哪里，并不十分重要，真正的愿望是离开现在的地方，"对我而言，我总是希望自己在一个我目前所居地以外的地方，因而到另一地方去永远是我满心欢喜的事情"。所以他才这样写道，"任何地方！任何地方！只要它在我现在的世界之外！"他看重的，既是远方的真实的风景环境，同时也是旅行这桩行为所承载的摆脱当前生活的象征意味，他认为这是一种标志，代表了高贵灵魂的求索。这样，对旅行的渴望，实质是对于获得新的生活体验的向往，是对"生活在别处"的一种认同和表达。经由旅行，世界为旅行者打开了一扇扇的窗口。

因为很难真正具备出行的条件，波德莱尔更多的是从想象中获得满足。甚至在某些时候，由于想象力产生的效果是如此的不凡，他都觉得真正的旅行是不必要的了。也是在散文诗集《巴黎的忧郁》中，有一篇《计划》，写的是主人公"他"黄昏散步时的一些遐思。"他"在公园里漫步时，在版画店里欣赏一张描绘热带风景的版画时，看到一家整洁干净的旅馆时，都分别产生过到那里旅行、居住的幻想，并在脑海里描绘出种种舒适惬意的情景。但等他独自回到家中，想法却改变了："今天，在梦想之中，我有了三个住处，在每处，我都觉得同样快乐。既然我的灵魂如此轻松地漫游，我为什么要强迫我的身体换换地方？既然计划本身就有足够的乐趣，何必要把计划付诸实施呢？"

这个不无怪异的意念，也可以从法国作家于斯曼的小说《逆流》中获得印证。小说主人公名叫德埃桑迪斯，是一个贵族，喜欢读狄更斯的小说，并因此引发了对英国人生活情形的种种想象，热切地希望到伦敦旅行一次，以便亲身体验小说中描写的环境和生活。他准备停当来到巴黎，马上就要踏上去英国的火车了，但却在最后时刻决定放弃。因为离开车还有一些时间，他便买了一本《伦敦旅行指南》，到附近一家英国餐馆就餐。餐馆中，柜台桌椅的样式，菜肴和酒水，都是地道英国式的，有几位健硕的英国女人正在就餐，身材、容貌和气质，都和巴黎女人很不同。此时，他忽然感到疲乏和厌倦起来："既然一个人能坐在椅子上优哉游哉地捧书漫游，又何苦要真的出行？难道他不已置身伦敦了吗？伦敦的气味、天气、市民、食物，甚至伦敦餐馆里的刀叉餐具不都已在自己的周遭吗？"于是他返回了自己在巴黎郊外的别墅，此后再未有过去国外旅行的打算。他满足于待在自己的房间中，身边是各种搜罗来的国外的物品，诸如酒店和博物馆的图片、帆船和海员的模型等等，借助它们，他想象自己已经游历了那些国度。这样，他能体验到远行的乐趣，却又免去了旅途中可能出现的任何不适。对自己的这种做法，他解释起来还颇为振振有词："想象力能使我们平凡的现实生活变得远比其本身丰富多彩。"

德埃桑迪斯毕竟要算是一个"另类"。不论如何，绝大多数人并非这样想，而是知行合一的，至少是追求这点。如果缺乏机会，或者条件不具备，而未能成行，他们通常感受到的还是遗憾，而且总是在努力寻找补偿的机会。第一位获得诺贝尔文学奖的俄罗斯作家蒲宁，也是一位善于运用想象力的大师巨匠。在那部为其奠定了不朽声誉的自传体长篇小说《阿尔谢尼耶夫的一生》中，他回忆了自己在俄罗斯腹地的一个庄园里度过的童年时代。在漫长寒冷的冬夜，《鲁滨逊漂流记》等书里的插图，让他想象遥远的热带。狭窄的独木船、拿着弓箭和长矛的光身子的人、椰子树林、宽阔的树叶及其覆盖下的原始茅屋，都让他感到甜蜜和陶醉，产生了一种身临其境的幻觉："上帝啊，我不但看到，而且以自己的整个身子感觉到了那么多干燥的炎热，那么多阳光！"以至于当多年后，他有机会来到那些地方时，心中浮现的第一感觉就是：对，对，所有这一切正如我三十年前首次"看到"的那样！

拥有这样一种强大的想象能力，堪称是生命中获得的宝贵奖赏。它打通了一条连接诗和美的道路。

以上种种，包括德埃桑迪斯那种匪夷所思的做法，都在表明，一个善感的灵魂，可以创造出怎样的奇迹。这是一些具有异禀的人，能够通过一棵树木想象一片森林，借助一片贝壳想象一片大海。一些零散寒碜的线头布片，到了他们手中，不料却拼接出一幅色彩斑斓的织锦。读这样的作品，与其说是观赏作者借助于想象而描绘出的风景，不如说是欣赏灵魂的奇观。这样的灵魂正是艺术的摇篮和息壤。

当然，我们都是凡夫俗子，不具备那样卓越的才华。不过，严格推究起来，他们的某些叶公好龙式的做法却无法让人认同。像那位法国贵族的举止，除了懒惰和怪癖，就想不出别的更有说服力的解释了，尽管他自己有一套说辞，但经不起诘问。实际上，小说开头已经交代，主人公是个厌世的、待人刻薄的贵族，那么，他有些什么乖戾的举止也就不奇怪了。即便有超常的想象力，实地踏访难道会有什么坏处吗？不正是可以使其异禀得到确切的验证，并在真实的情境中转化为充分的感受力吗？只要有可能，还是应该身临其境，用感官去触摸。比如热带雨林，那种腐殖层的浓郁气息，蚊蝇叮咬的瘙痒，潮湿闷热带来的窒息感，是坐在屋子里读多少本文学作品也想象不出来的。仿佛绘画，临摹品再惟妙惟肖，和原作毕竟不是一回事。又仿佛一位美人，从画报上甚至从电视屏幕上来欣赏，总是不若面对面。眼波流转，嘘气如兰，这些动人的韵致，必须在场才能够深切地体会。

但话说回来，从他们的这种嗜好中，还是可以解读出一些有益的东西的。虽然经济和技术的发展惠及众生，如今旅行成本大大降低，可以让人更容易地实现梦想。但一个人的时间、精力、财力等,永远是处于一种短缺的状态。相对去过的地方而言,更多的地方是去不成的。但人性又是不知餍足,总是希望多多益善。这样,就不妨退而求其次,借助想象的力量,来作为一种弥补。

在这个意义上,倡导学习那些杰出作家们的想象力,努力使自己变得细腻善感,便具有一种必要了。虽然这在相当程度上是一种天赋,但只要产生了这样的意愿并努力加以培育,应该会逐渐有所进步的。看到一泓碧蓝的山涧溪水的图片,应该让他感觉到丝丝的寒凉;一间江南小城临水的茶楼,也许会使他隐约嗅到一缕明前龙井的清香。对于气氛、情调的细腻感知和把握,才堪称旅游的最重要收获。如果不在这方面用心,即便真的成行了,赶集般地穿梭在各个所谓景点之间,忙不迭地拍照,却顾不上仔细体会品味,过后寻检起来,除了那一大堆照片尚可以向没有去过的亲友同事们炫耀一番外,脑海里实在只有一些模糊零碎的印象。这和旅行的真正精神是相隔膜的。

好在,如今技术的快速进步,为这种想象的旅行提供了极好的帮助,令卧游嗜好者们得以大快朵颐。波德莱尔时代的文人们,常常只是依据少量印制粗糙、画面模糊的图片,来想象一个陌生遥远的所在,而今天,数码相机拍摄的图片,清晰,逼真,富有层次感,尤其是借助无远弗届的电脑网络传播出去,从供给的数量上,从获取的速度和便捷程度上,都让人惊叹。众多无名作者的图片发布,让个人的劳动成果变作了公共资源,成为取之不尽用之不竭的欣赏宝库。想到这一点,心里总要泛上一缕感激。朋友不久前去新疆参加全国书市,捎带到北疆一游,回来后描绘喀纳斯湖的美景,说得眉飞色舞,唾沫四溅。多年前我曾有过新疆之旅,也曾拟前往,但因为时间缘故,未能成行,备感遗憾。这次听他讲述,不禁勾起旧梦,就在"百度"的图片搜索中键入"喀纳斯湖",立刻就有数十个页面唰唰地铺展开来。随着鼠标的点击,几百幅图片,多角度多侧面地展现了那里迷人的四时风景,山和湖,森林和雾岚,帐篷和木屋,看得眼花缭乱,让我有了一个十分沉醉的夜晚。心寂神凝,目光在图片上游走,似乎嗅到了金黄的白杨树叶苦涩的气味,浓雾自面前拂过时的片刻窒息感,而湖水的寒冽,恍惚中也感到沁入了脚底,一寸寸地扩展开来。

这是一种无限开放的方式。世界的每个角落,都在你的眼前,在一尺开外的电脑屏幕中。鼠标轻轻一点,你可以从挪威的陡峭峡湾,到巴西广阔的亚马孙河河口,从白雪皑皑的北极冰原,到花木葳蕤的热带海岛,从德国小镇整洁的别墅,到印度村庄破旧的茅屋,地球任我来去,都在转瞬之间。瞩目于这些图片,充分调动想象力,把感受的旋钮调到最高挡,庶几可以获得几分真切的、如同身临其境般的体验。余光中写过一篇关于摄影的散文,名字叫作《谁能教世界停留三秒?》,这些画面,都是在瞬间之中,驻留了永恒之美,让目光从容地长久地停留浸润,面临干涸板结的心田被美的清泉浇灌,重新变得丰腴润泽。

当然,对于我这种自遣方式,这种替代的旅行,你尽可以不以为然,理由涉及真与伪的命题,涉及价值判断的范畴,而且你的理由一定是难以反驳的。但我只需要用一句话,来为自己辩护:人生奄忽,步履真正踏及的地方,能有几处?

地图上的中国

在我兼作客厅和书房的那间12平方米屋子的墙壁上，挂着一幅1∶300万比例的中国地图。堆满书籍的屋子很逼仄，相形之下地图显得过大了。地图上，这儿那儿，许多标示地名的大大小小的圆圈或圆点上，被一个更大的圆圈圈住。几位细心的朋友发现了这点，问我，我回答这都是我曾到过的地方。没有人再问，大概都觉得这很正常，和到一个地方旅游要拍照片、买些纪念品一样，是为了一种纪念。

朋友们的想法没错。但它们对我有着怎样的丰富深长的意蕴，却只有我自己才清楚。

圆圈一律用的是绿色，一种我最喜爱的颜色。每次从一个新的地方归来，我都迫不及待地在图上相应的位置作出标志。那种心情，像热恋中的青年赶赴一次约会。然后，在几天的时间里，我投向地图的目光会定格在那里，一遍遍地回忆，让思绪温习和抚摸每一个耳鬓厮磨的细节，像一头牛反刍干草。慢慢地，它会和先前画上的其他圆圈一样，移到记忆的边缘和深处，也许很长时间不再去看它想它，但是绝不会被遗忘，和镂刻在青石上的图案一样。某个时候，当我感受的频道重新开向它时，所有的美丽即刻会被呼唤出来，展现开来，鲜明生动如同当初。数十个圆圈都曾重复着同样的故事，数十次的重复必定蕴含着一种真义。

站在地图前，我看到了什么？那一个个圆圈会让我产生幻觉，仿佛科幻电影里的镜头，被我的目光激活，旋转着放大，化作一扇扇窗口，一些画面、声音和气味次第呈现。苏州，青石街道上足音跫然，水巷桥洞下桨声欸乃，春天雨水的湿味里掺和了栀子花缥缈的清香，而秋天桂花的芬芳却熏人欲醉——我有幸走进了它的两个最美的季节。那个叫作富蕴的边陲小城，钻天的白杨树下，小贩在叫卖阿尔泰山宝石，烤肉的烟雾四处飘散。从山上望去，远处额尔齐斯河泛着深蓝色的寒光。那还是黎明之城景洪淡紫色的晨雾，水田里白鹭悠然漫步，娇小的傣家少女的筒裙旋飘成一朵朵彩云。哈尔滨，是零下20度的严寒砭骨刺肤，是洁白的树挂和飘洒的雪霰，是凿开松花江的冰层跃入冰水中的冬泳勇士，是夜晚梦幻般的五彩冰灯。上海浦东的东方明珠电视塔，深圳蛇口的缩微世界，也都曾经反复地在我的脑海中播映。我梦想此生能够把地图上的每个地方都画满圆圈，城市和乡镇，矿山和牧场，让双脚亲吻遍它的每一个角落，每一处皱褶。让我保留这一注定难以实现的美丽幻想吧！

读地图成了我执着的爱好，从未感觉到厌倦，尽管我远非一个有耐心的人。只因为它的内容太丰富，太精彩，才一次次吸引和羁留了我的目光。这时，一个圆圈又像一条通向过去的时光隧道，等着我穿越岁月层层叠叠的堆积，去时间的彼端感知它的妩媚和灿烂。每个两字三字四字五字的地名后面，都有着厚厚的一沓电脑软盘才能储存的丰富。读一个地名，便是翻开一册大书，历史是正文，诗文是旁注，物产风俗则是题图和尾花。杭州二字，会让人遥想五代吴越国都的繁华,南宋小朝廷的苟延偷安。会想起白居易的"江南忆,最忆是杭州",苏东坡的"欲把西湖比西子",陆放翁的"小楼一夜听春雨"。想起龙井的幽香,杭丝的滑腻。想起绸布伞和檀香扇。每一次阅读都带来发现,每一个发现又都孕育着新的灵感,难以想象会有穷尽的一天。即便最僻远闭塞的所在,也拥有自己的一份光荣。最新被我做上记号的,是武强,冀中平原一个贫瘠的小县,它的县城甚至比不上江南富庶之地的一个乡村。但就在那里,我参观了一处颇具规模的博物馆,丰富翔实的资料,记述着作为全国五大年画之一的武强年画昔日的灿烂,为我脑海里原本模糊的概念填充了丰满的血肉。五千年风的吹拂雨的浇灌,这块古老的叫作中国的土地孕育了太多的辉煌。只要你愿意,每一个地名都会变成一口永不枯竭的泉眼,涌流出历史和传说,故事和诗篇。

  目光在地图上漫游,思想也伸向了遥远。这不是寂寞时的娱乐,或可有可无的自遣,而是一门重要的功课,因为我的整个血肉和精神的存在都与它有关,准确地说是与它代表的一片土地有关。每次读它,都是在追溯我情感的源头,探寻我精神的基因。曲阜不只是泰山脚下的一处地名,凉州也不只是今天甘肃武威的古称。前者孕育了孔子和《论语》,一句"仁以为己任"为全中国的士子标举了做人的姿态;后者衍生了那么多被称为《凉州歌》的唐代乐府,王之焕的名句"羌笛何须怨杨柳,春风不度玉门关",教会我感受和言说的方式。我用个人的、诗的方式接近它,它也在用群体的、历史的方式向我走来。这仅仅是那雄鸡形状的一大片版图上的两个点,而960万平方公里的土地上,有着这样的启迪意义的地点,仿佛银河里亿兆的星星,谁能数清!每个细微的点都连接着宽阔的面,每种现在都通往过去,每一种具体中都蕴含着一般。如果说,文化是一片古老丰饶的原野,那么每一个这样的地名就是一棵茂盛的大树,根系深深地扎入过去,枝叶则荫蔽了今天和明天。它们与我有关,与我年迈的父母有关,还与我上小学的女儿有关。

　　既然头顶着同一片历史和文化的天空,因此青绿赭黄的地图上的每一个角落,都是我目光的宿营地,心的故乡。这不是滥情,心绪的流荡自有其独特的管道和法则。一首歌曲唱得好:"我们都有一个家,名字叫中国。"朴拙的比喻里有着最深刻的真实。当闭塞的广西十万大山开出第一列火车,汽笛声里有我的喜悦。当贵州高原上一位贫困母亲为无钱给孩子交学费伤心抽泣,眼泪中也有我的辛酸。新疆腹地喀什噶尔维吾尔人的歌声和我有关,西藏雪域布达拉宫前飘扬的经幡和我有关——虽然我尚未能在这些地方画上圆圈。土地宽阔,车辙纵横,我的足迹所及只是少数,但并不妨碍我用心抚摸它的全部。天空是连接的,道路是连接着,此地的风会在彼处的水面上拂起涟漪。

　　读地图,已经成为我不肯割舍的习惯和爱好。心醉神驰中,感悟也源源不断。我把它当作一堂没有期限的课程。它既寄托了对丰富广阔的生活的向往,又是我和自己对话的方式,更是对母语和国土的一种注目仪式。它时时提醒我,让我知道我的心的疆域,我行走的姿态,我的信仰和爱情的起讫,我忠诚和献身的方式。让我终生学习这一功课吧。

哈尼梯田

眼前展开了一个奇迹。

一个令人不由自主地屏气凝神的奇迹。在它面前，语言顿时黯然失色了，一切描绘都显得贫乏无力。

在云南高原的腹地，在哀牢山的南麓，在比遥远更遥远的地方，在高山之上的高山里，奇迹在尽情地袒露自己，仿佛一望无际的野花在淋漓恣肆地绽放。也许是因为它的僻远闭塞，才得以保留了这份本色和完整。它们美得如诗，如画，如梦，如幻，最出色的想象力，至多也只能勉强抵达它的边缘。

这是云南红河哈尼族彝族自治州元阳县的梯田。

短短的两天中，在多依树、老虎嘴和坝达景区，我们一行远方来客，一再感受着那种难言之美带来的撞击和撼动。请想象你站在某个高处，视野所及，四面八方、远远近近的山坡上，尽是一望无际、层层叠叠的梯田。它们如同一排排海浪汹涌而来，然后瞬间突然静止、凝固，成为如今的模样。它们一层层地，由低处升到高处，由谷底爬到峰顶，充满在天地之间，让目光变作一道道往返收放的活动标尺，在俯瞰和仰视间丈量它的巨大和辽阔。往往一座山坡上，就有成千上万亩梯田。梯田随山势地形而变化，坡缓地大则开垦大田，最大的足有数亩；坡陡地小则开垦小田，甚至沟边、坎下、石隙间也开田，最小的仅有簸箕那么大。大小不等，形状各异，千姿百态，变幻莫测。梯田上面，有漫漫云海的覆盖，梯田旁边，是茫茫森林的掩映，端的是神奇瑰丽，莫可言状，让人惊叹。

哈尼梯田，是天地造化的鬼斧神工与数十代哈尼人的智慧和勤劳通力合作的结果。这里位于哀牢山南部，山高谷深，沟壑纵横，属亚热带季风气候，降水丰沛，来自高山森林的山泉，源源不断地流淌。在漫长的岁月中，哈尼人垦殖了成千上万梯田，同时将山上大大小小沟箐中流淌不断的水，分渠引入田中进行灌溉。山水四季长流，梯田中可长年盈满，保证了稻谷的发育、生长和丰收。

哈尼人开垦梯田，固然是为了种植，但他们的做法表明，他们决不肯为了眼前的利益而罔顾久远，贪婪攫取。他们的每一个行动，都考虑到了子孙后人的福祉，体现了对自然的敬畏和呵护。这个民族信奉的是自然神，房前的一簇茂竹，屋后的一棵大树，在他们眼里都是有着灵性的。人的幸福，离不开神灵的佑护。所以他们在开垦梯田时，处处显示了虔敬和细心，照顾了山的走势、水的流向，为树木的伸展留出了空间，为鸟兽的进出安排了路径，也因而达成了人和自然万物的高度和谐。本来无生命的物体，当人以虔诚的爱心对待它们时，就会把情感注入进去，从而使得它们也仿佛具有了灵性。就像过去时代中有时被当作信物的手工艺品，一幅蜀锦或一块苏绣，被女主人怀着深情厚谊，一针一线织就，爱如针脚般细密，才使得它们坚固而美丽，荡漾着无尽的韵致。

也是因为如此，展现在人们面前的哈尼梯田，才这般仪态万方、楚楚动人。

日出时分的多依树，日落时分的老虎嘴，据称代表了哈尼梯田美的极致。因为住处遥远，我们错过了这两个时间，但即便如此，眼前所见也足以让人叹为观止了。观赏梯田最美的季节就是冬天，庄稼已经收获，视野里袒露无遗，可以充分凸显出梯田的婀娜曲折的轮廓。我们有幸在这个时节来到这里，目睹了她最动人的神韵。一级级蓄满了水的梯田，在阳光下熠熠闪烁，反射着银光，仿佛镶嵌在大地上的成千上万面镜子。

有道是既得陇复望蜀，虽然已经被盈满视野的大美深深迷醉，但潜意识中仍然有一些不满足。哈尼梯田的动人，在于丰富和变化。阴晴变幻，晦明更替，寒暑嬗变，梯田形相无穷，胜景无限。风景是若干元素的排列组合，季节，天气，植物，任何一项的变动，都会带来截然不同的整体形貌。一年四季，梯田皆有其独特的美质。夏天，秧苗青葱是一种风采；秋日，稻谷金黄又是一种韵致。遗憾的是，无缘目睹其他几个季节的迷人风景，只能在想象中加以描绘了。其实，不必说四季，即便是一天中，也有朝晖夕阴的变幻。在老虎嘴、多依树两个景点，尽管各只停留了一个来小时，但我们却已经充分体验到了这一点。明镜一样的水田，倒映着蓝天白云，明亮澄澈，但有时一大团云朵飘过，在地面某处投下了阴影，那里的梯田的水面便变成了银灰色，如未曾打磨过的铜镜。陪同游览的当地友人一脸陶醉地介绍说，清晨，梯田是玫瑰红色的；夕阳落山的时候，又是镀了金一般。正听着，忽然起风了，原本平整如砥的水面，顿时泛起无数涟漪，仿佛一块块揉皱了的丝绸。

有韵律，有节奏，有色彩，哈尼梯田具备了音乐、图画和雕塑的充足元素。色彩是直观的，而节奏和韵律，则体现在万千梯级的递进和迂曲之间，体现在彼此的唱和与应答之中。需要在你静默的凝视中，才会慢慢地浮现出来，升腾起来，应和着连绵的松涛声，或者近处村寨里的一声鸡鸣。哈尼梯田的质感是真切生动的，所以才有"大地雕塑"的美誉。这是真正的大地艺术，而哈尼族人民便是伟大的大地艺术家。

我们一行，自四面八方，来到西南重重叠叠大山中的这一隅。以世界之大，人生之倥偬，这种机缘只怕是难以重复，此后飞鸿雪泥，彼此暌违，只能在回忆里再度晤对了。为了使回忆能够美好和丰满，此刻，且细细地观看，深度地沉醉吧，恍惚中，物我相融，让自己变成田埂上的一棵树，一簇竹，化身为万千梯田中的某一级。那盈盈水田的明媚闪光，便是发自内心深处的一声赞叹。

梨墨飘香的地方

　　这个地方靠海，东海的南端。海岸线漫长曲折，将无垠的波浪和连绵的陆地分别开来。陆地不断地向后退缩，一直退到高低起落的丘陵之间。湿润温热的气候，让这里的棠梨树生长得茂盛苗壮。春天，素净细碎的白色花朵散发出清淡的香气。它的木质坚硬且有韧性，用途之一，便是可以刻成一个个字模，用来印刷。

　　这是一个故事最初的开头。

　　这个开头伸展下去，在漫长的时间中滋长蔓延，便发育成为一个繁复庞杂的系统，有着巨大体量和众多头绪，需要用一座博物馆来存放和阐释。

　　我此刻便是置身其中，一个叫作"木活字印刷展示馆"的地方，在浙江瑞安平阳坑镇东源村。博物馆是一个器物辐辏的处所，各种实物与照片，散发出浓郁古旧的气息。尤其是那种专业类的博物馆，某个领域的知识和历史，被分门别类地浓缩在一定的空间内，在其间观看行走，会感到周身被它们的气息裹挟浸润，仿佛眼前的事物就是生活的全部。

对操持这种营生的人们来说，事实也正是如此。

这些人在当地都是最基层的劳动者，朴实沉默，但正是他们让一项伟大的发明得以传承赓续。印刷术是古代中国四大发明之一，木活字印刷是其中一项重要内容，一个堪称里程碑式的创造。斗转星移，它逐渐淡出人们视野，踪影难觅。在几乎被遗忘百年之后，有研究者惊喜地发现，它其实一直默默然而执拗地存活着，在瑞安的东源村一带。追溯史书的记载，自公元12世纪中期王祯发明出这种"巧便之法"二十年后，瑞安即将之用于印刷，迄今已历经七百多年。这里山高林深，在历史上属于僻远闭塞之地，反而更易于避免一些人为的祸害如兵燹等。它被完好地保存了下来，也因其无比珍贵而成为了国家级非物质文化遗产。

在瑞安，木活字印刷的最通常的成果，或者说最直接的呈现方式，是家族谱牒。所以，那些以此为业的人被通称为谱师。这源自于悠久而深厚的传统。传统中国是宗族社会，聚族而居，家族的繁衍成为社会延续的根本。因此，建宗祠、置族田、修宗谱、定族规、立族长，也成为了一种基本而普遍的规制，尤以明清时代为盛。保持宗族血缘遗传的纯洁性，缅怀先人业绩和家族荣誉，厘清宗族纵横相传的体系，如此种种，都为修撰家谱提供了充足理由。"戊戌六君子"之首的谭嗣同认为，谱牒是宗族维系的根本。更早的北宋理学家朱熹甚至说过："三世不修谱，当以不孝论。"大传统之外，还有一条特殊的理由。瑞安所属的温州及周边的浙东南、闽北区域，原本荒蛮之地，居民祖上多从山西、河南一带迁来，是典型的移民社会。寻根问祖的需求，也进一步促成了谱牒编修在此地的盛行。

修谱还只是开始。宗族在繁衍中不断增添新的辈分，还会分蘖出支派旁系，因此每隔一定的时间族谱也还要续修，于是这一种被雅称为宗谱梓辑的行业也便延续下来。梨墨的香气，终年弥漫于这一片土地之上。仿佛流经此地的那一条大河飞云江，穿越时光淌流不息。

一种需求催生了一个产业。木活字印刷和谱牒梓辑手艺，自一开始便具有指向的鲜明性。当下文化产业得到大力倡导和扶持，不妨说，这个行当正是这一产业的早期形态。按照今天的说法，谱牒也是一种商品，用户便是众多的家族。只有质量值得信赖，才会有人来请你修谱。这一点，其实古今同调。

想来当初应该会有不少人家从事这一职业，但蔚成大观并见诸史料记载的，当以东源村王氏家族为翘楚。近七百年来，这个家族前后二十几代人，将这门技艺发展得炉火纯青，遐迩闻名，也为家族积累了可观的财富。包括那些分支迁徙到江西、闽南、台湾等地的家族后裔，也都固守着祖传的修谱手艺。随着传统文化的重光，民间宗谱梓辑热潮涌动，东源村王氏家族后人及各姓谱师木活字印制宗谱的生意也日益兴隆。

在展示馆里走动，看着一幅幅照片，一件件实物，有一种特殊的来自职业的亲切感，久违的记忆在眼前浮现。三十几年前，毕业分配到报社，头几个年头是当夜班编辑，隔壁就是排版车间，经常帮着组版师傅去拣铅字，两手沾染了乌黑的墨迹。时间长了，一些常见字模存放在哪一个架子的哪一层，也大致熟悉了。那些字模，不但分成宋体、楷体、黑体等等，还有着字号大小的不同。

而这里的木活字却只有一种字体：老宋体。

这种字体横细竖粗，笔画对比度大，字形方正，根基扎实，稳健遒劲，明代以来曾长期作为官方字体。用它来印制家族宗谱，更能够传递出庄重严肃的意味。宗谱被视为宗族的圣典，因此印数稀少，一般仅印数本。依据史料的记载，我想象在遥远的过去，当宗谱印刷完成之时，选定吉日吉时，在宗祠举行隆重的圆谱祭祖仪式，由谱师和族长诵读祭文，敬拜天地祖先，分发房谱、家谱，封箱总谱，然后是抬谱巡游、大摆宴席、连台演戏，热闹非凡。相信凡是参与过这个庆典的人们，内心中一定会深深地感受到某种情绪，关涉家族的神圣感和凝聚力。

离开展示馆时，得到一册《梨墨春秋——瑞安木活字印刷影像志》，晚上回到住处后，伏案静心浏览。著作者吴小淮当年受当地政府派遣，负责展示馆的修缮和布展工作，几年下来，浸淫日深，成了一位名副其实的专家。白天在馆内，正是他一直陪同讲解，知识广博，见解不凡。匆促中留下的印象，一些浮泛的认知，经由此书得到了印证，也得到了深化。

木活字印刷流程的复杂，令人咋舌：拣字、排版、校对、研墨、上墨、刷印、盖红圈、划支系、填字、分谱、折页、草订、切谱、装订、封面……拢共十几个环节。这里仅以最初的一道工序刻字为例，来说明这项工作对技艺的严苛要求。这是一桩辛苦活儿，首先要用毛笔，将要刻的字仔细地反写在平整的棠梨木字模上，然后用刻刀逐步把所有的横笔画刻好，接下来再刻直笔画。刻字时必须静心运气，功到方能字成。字形刻好后，再将空白的边角全部挖去，这样，一个反写的字就凸现在木模上了。一天十几个小时下来，最多也就能刻出七八十个字。一个家族的历史，就是通过这些印在宣纸上的字，而得到记载，而一位刻字者，也是在这种漫长而单调的劳作中，渐渐耗尽了自己的生命。

画册中介绍的近百位从业人员，基本上涵盖了木活字印刷的所有环节。他们年龄相貌各异，但画面上一概都是埋头劳作的样子，目光笃定，表情凝重。这正是一个专注的劳动者的标识。长久地沉浸于工作中，就会生长出这样的表情。偶或有人面向镜头，反而显出有一丝局促和羞涩。经年累月的静默，是为了把手中本领拾掇得越来越精湛。

这种技艺要求的是耐心和细致，来不得一点的敷衍和草率。近年来"工匠精神"被屡屡提及，它的精髓所在，正可以从这些艺人们的神情姿态中寻得答案。抵抗匆忙，躲避喧嚣，将心血仔细地灌注进去，技艺才能够获得坚实长久的生命。

从画册中，我认出一位名叫吴魁兆的谱师，正是上午见到的一个人，思绪于是又返回到了展示馆现场。是在参观即将结束时，在临近出口处的一间屋子里，有现场的演示。主人让我们每个人说几个字，随便什么，四个字或八个字，报给这位吴师傅。他转身到旁边的字盒里，很快地挑拣出这些字，放进台面上黑色的印版中，用棕刷在上面均匀地刷上一层墨，覆上宣纸，来回刷动，再揭起宣纸，一张木活字印刷品就出现在眼前。整个过程娴熟流畅。这是一页长方形红色信笺，画面风景有数种，每人可以根据自己的喜好选择。我很喜欢其中的荷花图，一丛数盏荷花占了大半画面，花盘花瓣，线条清晰优美。左上角位置，由上而下印上了挑选者念出的字句。自始至终，这位师傅神情颇为严肃，不苟言笑。或许这是个性使然，但我愿意相信，也有一份来自这一种沉默的劳动的沾溉。微蹙的眉头下那副专注的目光，仿佛在证实这一点。

一张张精致的印刷品，被同行者们欢喜地拿在手里，欣赏赞叹，又精心叠好收存起来。轮到我了，我念出了八个字，也是两个成语。我觉得，它们最能够描绘这种技艺的属性，也最能够表达我对这些身怀长技的匠人们的敬佩——

抱朴见素。

守静致笃。

第四辑

身边的人们

同事

对一位职场人来说，一生中相与度过最长时光者，除了家人，恐怕就是同事了。

一周有五天，自早至晚，和同事在一起。办公桌彼此相连，文具报纸侵占对方地盘，呼吸相互交融，进屋出门时注意避让躲闪。这是一个特定的空间，室内的豪华或者简陋，安静或者喧嚣，窗外的花开花谢，春雨秋风，被其中的人们共同感知。

诸种人伦关系里，亲人间时时牵挂，朋友间心心相印，而成为了同事的人们，却注定了要在或长或短的一段时间内，相守相望。有些人甚至一生做同事，在同一个屋檐下度过数十年。佛家讲究缘分，有"五百年修得同船渡"之喻，那么，这种漫长的厮守，细想起来，自应有着深厚的因果关联。世相纷繁流转，人生存的方式也有多种多样，但一旦做了同事，生命却在共同的时间与空间中展开和流逝，为同一桩工作而分工合作，感受共同的上司的宽厚随和或者刻薄乖戾，仔细想来，岂不是颇有意味？

但遗憾的是，大概不少人并不认为这种缘分值得珍惜，否则也不该有那么多鸡零狗碎的龃龉和争斗了。佛家有八苦之说，其中的"怨憎会"，在现代社会形态中，相当程度上应该是发生在同事之间。对普通人来讲就更是如此，因为生活、交往的范围有限，同事便成为他的社会人际关系的重要构成，他的欢欣或者忧烦的一个主要来源。

如果细心审视单位、公司等小天地中的人际关系，其间种种心思机巧，不乏波谲云诡，诸如合纵连横、围魏救赵、远交近攻等等更多运用于国家之间的交往谋略，在此似乎也很能够获得印证。麻雀虽小，五脏俱全，单位也是社会的一个缩影，具体而微地折射出并阐释着人世间的游戏规则。利益的蛋糕总是嫌小，不敷分享也无法分享，晋职、增薪、出国，好事任谁都惦记，但偿愿的毕竟只有少数。再加上天性各异，好恶有别，共事中难免产生出种种的间隙。办公室政治成为社会学研究的一个分支，颇有道理，公司单位处世术之类的文章、书籍也就应运而生。同事相处的艺术是把握好尺度，分寸的拿捏是需要经验和智慧的。一个刚刚工作的年轻人，或者按现在的说法"新鲜人"，往往会吃一些苦头。他胸中无城府，眼前多明朗，对人笑脸相迎倾心诉说，却未料到自己无意中已经得罪了与此人有过节的人。对不少人来说，成长的代价，是要在这个相对封闭的空间里支付的。

使人际关系以同事的面貌呈现的那类地方，天然地排斥诗性，是冷冰冰的现实主义的地盘。旅途上，聚会中，许多临时性、一过性的场合经常萌生的那些浪漫的悸动和遐思，在办公室里是难以找到的。恋情是浪漫情感的一种极致，但办公室的恋情和别处相比却打了不少的折扣：一是彼此间缺少足够的陌生之感；二是在同事的眼光下，要按照现实主义的原则来行事。也正是因为这些因素的制约，我们经常会看到某些情感的幼苗和碎片，某些欲言又止，某些含糊朦胧，总之是一种不清晰未完成的状态。男女之情是生命的自然本能，异性同事之间当然同样可以萌生，只是相对于别处，此处土壤更为瘠薄，不适宜进一步生长。这种情形下，不少朦胧的恋情转换成了明确的好感，然后随着时间的流逝而又渐渐褪色。

要想了解一个人的优长和局限，知晓真实的人性，同事也是最好的观察对象和解剖标本。

萍水相逢的邂逅场合，人有时容易对某个异性一见钟情。姣好的容颜，悦耳的声音，迷人的姿态……会有那么多的地方让人怦然心动，坠入情网。陌生造成了神秘，而神秘则放大了好奇心。最初映入感官的只不过是吉光片羽，但想象力却訇訇燃烧起来，要把这个美的片段慷慨地放大，一直笼罩了对象的整体。这种经常是盲目的激情，很难滋生在同事之间。因为朝夕相处，近距离接触，优缺点一览无遗，便扯去了那层浪漫想象的轻纱。一个走到哪里都能吸引眼球的美女同事，我们知道她做事拖沓，她的粗粗拉拉，她的虚荣心和小心眼等等，知道那张漂亮面孔后面的诸多不够完美之处。我们仍然可以欣赏和喜爱她，但那是一种平视的目光，心静如水。虽然面对别的陌生女人，别人的同事，我们依然会神魂颠倒，不恰当地把对方安放到梦的高度。这也许是上帝为人性所设置的密码吧，他饶有兴味地观赏着人因为自己的局限而屡屡制造出的一个个悲喜剧，品尝到一种游戏般的惬意。

当然，上面从男女间情感的角度端详，只是因为这是一个更容易感受的方面。同事关系提供的东西其实要丰富得多。让人寒心的东西当然有，但我们且挑些好的来说吧。一些打动人的事情，因为发生在同事身上，不需要为了某种目的而人为地拔高，也更让人相信美和善的力量，存在的普遍性，以及朴实无华的方式。那位坐在角落里的沉默寡言的中年人，多少年中耐心伺候瘫痪在床的岳母，从不流露一句怨言，亲生儿子也未必做得到；那个性格不够通融随和的人，却默默地资助了一个贫困山区的儿童，一直到送进大学。这些都展现了生命的丰富性和矛盾性，让人眺望和思索人性的可能的边界。

存在的种种局限，生命受到自然力操控的本相，也最能够从同事身上体现出来。

譬如时光的杀伤力。一位同事，我们看着他，从二十岁出头意气风发的青年，一步步走到了哀乐交织的中年，疲惫开始爬上了面容，衰弱开始拖住了脚步。除了他的妻子，只有我们才说得清，哪一年起他的鬓角开始长出白发，哪一年起他的肚腩发面团一样膨胀起来。当年他是多么生龙活虎呵，打起扑克来可以一夜不睡，但如今他却一定要在午后去打个瞌睡了。因为自恋，也因为某种浅薄盲目的乐观，一个人有时会像鸵鸟一样不敢、不肯承认发生在自己身上的变化，但有同事在旁边做自己的镜子，他会变得清醒些，会减少这种错觉。从他的日渐衰老，我们也看到了行进中的自己的模样，以及无法摆脱的共同的自然生命前景。幻灭之情会真实地产生，氤氲开来。

这一面镜子，不仅映照了外貌的变化，也能折射出属于内里的一些东西。我们面前展开了某位同事的生命的脉络。那些体现在言行中的性格弱点，眼高手低，瞻前顾后，虎头蛇尾，抱怨太多而自检太少，等等，在他的生命路途上，是怎样集腋成裘般地积累起来，拖住了他向前迈进的脚步。而从同一间屋子里的另一个人身上，我们却能看到，从内心发出的力量是那样真实，笑容明朗，目光热切，一件件工作都能够安排得妥帖，一个个困难都悄然地化为乌有，似乎一切都能够化为享受。因此当某个令人羡慕的奖赏降临到他的头上时，所有人都认为极其自然。

启示因为来自身边，更能够对我们的精神产生实际的影响。

同学

嘀嘀的声音响起，手机接到了同学聚会的信息。哪一天，几点钟，在什么地方。愉快的情绪从内心滋生，期待开始进入倒计时。

相信接到通知的多数人，感受会和我一样。同学间的交往，总是带给人一种恬适的感情。置身这种场合时的轻松、愉快，和那类功利性的聚会完全不同。原本彼此陌生的人们，怀揣了某个目的而临时凑在一起，费尽心思地想着下一句话该怎样说，最要害的企图何时亮出，面对满桌的珍馐却食不知味。而非目的性却是同学关系的最本质的特点，与其他种种应酬往来划出了鲜明的边界。即使在举世信奉实利的今天，在走出校园十几年、二十多年后，绝大多数情况下，这一特点仍然鲜亮如初。

想想看，生命中最年轻的时光，属于诗的浪漫属于梦的多彩的时光，和社会规则不曾发生纠葛的时光，他们和我一起度过，我们构成了一个"命运共同体"：在一个共同的空间内，一段共度的时间里，一起成长，一起梦想，一起犯傻，也许彼此冒犯，但互相不以为忤。这样的时光不可复现。此情可待成追忆，只是当时已惘然——这种感慨并非仅仅适宜于描摹朦胧的恋情。

对同学的感情，其实很大程度上是对生命中的那段最美好时光的怀恋，只是未必意识到而已。同学是那一种生活的人格化存在，负载了那段日子里的记忆。每人的个性都不同，其前其后的生命轨迹也不一样，但因为这份因缘，拥有了共同的校园和师长，生命中有些内容彼此重合。如果把每个人的一生想象成由若干个区域构成的话，那么在几十个生命中，有一块田亩中生长着一样的佳木修竹，树影倒映在同一片湖水里。因为这种重叠和交集，一些东西彼此融入渗透。我的那些忧伤或者欢喜，他们也有份。

最深厚的友谊，能够延续一生的交情，往往正建立在同学之间。这很自然也容易理解。数年的过从中，彼此间的了解深入透彻，又值最渴求真实友谊的年龄，心灵更临近赤子的率真状态，利益的考虑尚未侵入，因此不用委曲求全，不必违心说话做事，亲近谁疏远谁，凭的是彼此的心仪和敬重，声气相投。

告别校园小天地，走上社会大舞台，人生道路开始分岔，每个人的旅程从此指向不同的方向，一路展开殊异的风景。多数人之间交往慢慢地淡了，联系渐渐稀疏了，甚至多年间彼此不知消息。即便长期保持联系的，也往往一年半载才通个音信。这也很正常，生活的圈子不再交集，每个人在社会上要尽责任，在家庭中要尽义务，生活状态和当年在校时大为不同，没有时常过从的充分理由了。

不过这些都没有关系，并不妨碍在数百上千个共同度过的日子中形成的情谊。只要重新见面，一切仿佛如昨。那些熟悉的笑容、声音、姿态，似乎一点儿没有变样，中间数年、十数年甚至数十年的时间距离，也仿佛并不存在。往昔重现。在同学聚会的场合，一些当年的趣闻轶事会被翻出来，激起一片笑声。曾经的场景片断也在脑海中浮现，感受到当年的某种氛围。尤其是那段时光中与爱情有关的种种，往往会被更多地提起，成为最好的调侃话题。光阴流转，当年要死要活的当事人也都超脱了，曾经的伤痕早被时间抚平，自嘲的口吻中，混合了对青春的怀恋，以时光飞逝作背景，当年的青涩都平添了几分动人。

每次聚会，并没有预设的话题，风起云行，忽东忽西，充满了随意性。在这个场合谈论些什么并不重要，主要是借由谈话聊天营造出的那种气氛，让人放松和惬意。彼此扶持关怀，那一份人间的友爱，也往往在同学中最能够体现出来。回想大学同班同学的多次聚会中，除了入学二十年、毕业二十年这类可以说是事出有因，大多并没有特定理由，往往是某个外地同学来京，或者国外的哪位回国探亲，谁一出面张罗就凑一起了。但有两次目的明确，一次是为一位同学捐款，他的女儿患癌症住院治疗，花费不菲；一次是商量如何援助一个不幸早逝的同学的孩子。那样的场合让人感觉温暖，不论是施予者还是受助者。

江山易改，本性难移，聚会颇能够印证此点。大抵当年调皮的仍旧活泼，当年内向的依然寡言。最戏谑的笑声，仍然发自当年的几张嘴巴，同样还是那一两个人，操控和调节着聚会的气氛和节奏。不过也不乏曾经羞涩的一变而为放任，一贯口无遮拦的多了些字斟句酌，相对于本人这该是变异了。这后一种情形里面，体现的就该是时间的力量了。把今昔联系起来看，有助于深入了解人生的玄奥，它们涉及了因和果，命和运，偶然和必然，时势的力量和个人的努力。一脉相承，合情合理，固然可以寻得到清晰的内在逻辑脉络，那些吊诡反常之处，其实也自有其演变的蛛丝马迹、草蛇灰线。

许多年过去，不同的境遇，拉开了彼此之间的距离。每个人要扮演命运派给自己的那一个角色，在人海中载浮载沉，社会的位置不同，人生的画面也不同，甚至是大异。一些人扶摇直上，一些人曳尾涂中。那些富了或者贵了，身居要津或者腰缠万贯的，按照社会上的游戏规则，在正式的场合要摆摆架子做做指示，这也很自然。但在同学面前，他不好意思用那样的姿态。倘若某个人真的就这样做了，会被同学讥讽，实在是自取其辱。社会上的规则是一回事，但同学之间的交往过从中，毕竟有着自己的标准和尺度。其实，那些别人眼中的社会栋梁和显达人士，每天的一言一行都要顾及与自己的身份相符，时时处处受到掣肘，也未必没有换个环境轻松自然一下，体会一回本真状态的念头。这类的场合并不很多，同学相聚便是其一。

　　同学数载，怎样说都是一场缘分。但因为性格志趣不同，有些人彼此不认为有交往的必要，冷淡疏远，甚者毕业分手后就失却音信，自此相忘于人世，仿佛生命中从来不曾存在过这样的一页。这颇让人感慨。但还有比这更为不堪的，往往和不正常的时代政治生态有关。或者迫于强大压力出于自保之念，或者是内心某种幽暗的成分借机发酵，于是从私下的告密信、小报告，到公开场合的揭发攻讦，甚至是毕业分离多年后面对来访的调查人员所做的证词云云，都让人感到内心恐惧冰冷。这样的情况，在近数十年的历史上就不幸反复地出现过，伴随着一次又一次的运动。

　　坏的政治，总是鼓励和呼唤恶的溢出，在祸害社会的同时，更是对人性的最大毁损。

同乡

　　"君家何处住，妾住在横塘。停船暂借问，或恐是同乡。"

　　两个青年男女，在同一条江上讨营生，摆渡或者给人运送货物，小舟时常擦舷而过，但是不曾说过话。日子流淌，彼此间萌发了一缕好感，就想搭上话。按今天的话，就是"碰瓷"吧。如果两人谈得来，下一步感情再升温也无妨。不过这最初的话该说些什么呢？颇费些思量。要显得自然、双方都不会感到尴尬才好。有了，就问问对方和自己是不是同乡吧。

　　这首短诗，是唐代崔颢的绝句《长干曲》。可见，同乡天然地具有一种情感黏合剂的效果。

这种让人相互贴近的同乡之情所从何来，凭借的是什么？

首先该是源自一种共同的生活环境。生长在同一个地方，气候干燥或湿润，寒冷或炎热，目光望出去，是高山峻岭或者平川无垠，饮食口味偏重辛辣或甜腻，这些都是时时会作用于感知的。作为同乡，这些背景因素必然给彼此的生活增加了许多共性。比这更为明显和直接的，是那个区域内的许多人都曾经参与或者了解的一段生活，彼此都认识的人，都知晓的事件，都闻知的社会关系。如果不拘囿于时下，向历史回溯，家乡的历史和名胜，更具有一种强烈的标志性和凝聚力。这一些经历和记忆是共同拥有的，具有某种人际圈子的特性，经常是不足与外人道的。

同乡的感受，是和彼此间的距离成正比例的。距离越近，感受也就越深。在同一个县里长大，比起同属一个市的但分属不同县的，显然拥有更多的共同话题。但同时，标准也是伸缩变动的。大抵离开故乡越远，故乡人的范围就变得越大。在省城，老乡的边际往往就是县境的分界；到了首都，来自同一个市里的会被视为乡亲；等到脚步走出国门，尤其是来到那些华人稀少的国家，遇见的每一个国人都让他感到亲近。"客舍并州已十霜，归心日夜忆咸阳。无端更渡桑乾水，却望并州是故乡。"唐代诗人刘皂的这首《旅次朔方》，描绘的正是类似的心境。客居并州，时时怀恋故乡咸阳，等到来到了更北更远的地方，连时时想离去的并州，都变得像自己的故乡一样亲切了。

古典诗文中，有不少是描绘对故乡的深情。秋风刮起，张翰怀念故乡吴中的莼菜羹和鲈鱼脍，遂辞职返乡。"胡马依北风，越鸟巢南枝"，动物尚且如此，何况是感情丰富的人。年轻时可以离乡背井外出打拼，谋求功名利禄，等到渐入老境，便会格外惦念生养自己的那一片热土，故国乔木，时时入梦，乡愁连绵，不绝如缕。这些，也是同乡之情赖以生长的土壤。

这种意识，似乎外国人没有，即便有也该是极为淡薄。推究起来当是与社会形态的不同有关。中国是数千年历史的农业化社会，安土重迁，流动性弱，绝大多数的人，一辈子都生息歌哭于故乡这一个地方，自然会看重眷念这片土地。而在其他处于不断变动、迁徙中的社会，这种感情就要大打折扣了。譬如对生活在被称为"车轮上的国家"的美国人而言，要让他们深入理解上述那些旧诗词中的幽微深沉，即便不是鸡同鸭说，至少也是颇有难度。

有关同乡的意识，大抵是随着年龄的变化而有所不同。

年轻时，尤其是到外地求学时，最容易萌发乡愁。离开生活了多年的家乡，告别父母的荫庇，来到陌生环境，难免会产生种种不适。同学来自四面八方，同处一室，却是南腔北调，生活习惯也多有不同，这时身旁倘若有一两位同乡，彼此间会很自然地产生亲近感。所以几乎每所高校都有同乡会，尤其对那些新近入学者很有吸引力，甚至可以说，它的主要功能就是给新学子提供一份家乡的慰藉。同乡相聚，操着家乡方言聊天，吃着哪个人带来的故乡特产，小点心或者瓜子果脯之类，唇齿间缭绕着自小就熟悉的味道，可以有效地缓解新来乍到的不适之感。这一点还可以得到反证：进入高年级后，就很少甚至不再参加同乡会的活动了。等到毕业后进入社会，正式登上人生的舞台，日日红尘间打拼，诸种功利考虑把灵魂空间挤占得逼仄，乡情会逐渐变得稀薄，而且更多和现实利益纠结在一起。不过到了晚境，喧嚣退去，生命状态回归沉静，又会更多地怀念家乡，同乡之情也容易重新被唤起。我的好几位长辈亲属都是这样，大半辈子生活在京城，和家乡少有联系，退休了，却时常念叨着想回去看看，同居一城多年没有联系的同乡，也开始走动了。

同乡之情会附带着产生一些结果。大学里，每年新生入学，都会有高年级的老乡前来看望，关心是当然的，但也经常有人会挟带了一些私心，看看家乡来的妹妹是不是适合成为花前月下的伴侣，的确也有不少成功的。这就是同乡关系产生出的红利了。生活和工作中，同乡之间也会有更多一些的关照提携，这也是人之常情，自古而然。我曾经看到过一个地市级城市的在京同乡会的会刊，只有薄薄的几页，主要内容就是在京同乡们的单位、地址和电话，封面最上方印着三行醒目的红字："相互提携，共同进步，回报家乡"。二十多年前，参加工作的头几年，单位在北京菜市口附近，明清两代和民国时期，那里是各地会馆密集的地方，有两年的夏天，晚饭后到天黑前一段颇长的时间里，我骑着自行车，在周围方圆几公里范围内的小胡同里信马由缰地闲逛，随处能看到当年的各地会馆旧址，虽然大都变成了大杂院，但建筑格局基本上还完整，不少会馆的名称还依稀可辨。湖广会馆，渭南会馆，新会会馆，台州会馆……遥想在漫长的岁月里，在万方辐辏的京师之地，这些会馆负责了来自家乡的乡绅、官僚的过往居停，特别是成为大量的应试举子的食宿之所。有多少故事在其中发生，多少人的命运变化与它有关。历史悠久数量繁多的会馆，已然成为古都文化的一个重要部分了。

　　一个地方如果历史上出过彪炳史册的名人，会成为当地的一块金字招牌。不久前刚从湖北秭归旅行回来，与同事们说到该地，多数人并不很清楚，但一说起那里是屈原故里和曾经的昭君故里，表情随即不同了，表现出了浓厚的兴趣。人杰地灵，地因人彰。其实，喜欢去一个地方旅行，无非是两样因素，风景或者人文之胜，而后者，往往牵连了一位或多位历史名人的行踪遗迹。外乡人尚且如此，名人家乡后人对先贤所产生的敬爱仰慕之意，在外人面前表现出的强烈自豪感，就不难理解了。"钱塘苏小是乡亲"，唐代诗人韩翃曾经为南朝歌妓苏小小写下这样的诗句。故乡历史上一位绝代美姬尚且能够使一千多年后的大诗人感到自豪，那些道德高洁、有功于民族社稷的名人先贤，其精神更是能够对后世乡人产生潜移默化的影响。如果把这作为一个课题来研究，应该能够有切实的收获的。

  他们生活的时代，距今天已有数百年甚至上千年之遥。岁月阻隔，人事代谢，古今如梦。但如果他们凭借其不朽的道德文章而长存史册，他们的英名不时地会在后人脑海中萦绕，让他们时常沉浸并缅怀他们的思想、情感和事功，那么，岂不是比每天晃动在身边的芸芸众生的身影，更具有一种本质上的生命的真实性？

周　围

依照通常情形，一个人对于周边环境的了解，大概以脚步所能抵达的距离为边界。从他工作或居住的地方出发，向东向西向南向北，各两公里左右，基本上便是他的活动区域的上限了。在此范围内，他常常会有故土般的熟稔，超出这个圈子，就可能感到陌生。有远足爱好的人对此或许不以为然，但这应该符合大多数人的情况。

这已经是一片不小的区域了。在辽阔的乡间不算什么，可能就是一大片农田，最多也无非是道路、村庄、池塘、树林、打谷场的组合，基本构成是简单明了的。但在城市，这十多平方公里的区域中，街巷纵横，院落错杂，数不清的单位、部门藏身其间，大小商场、酒店宾馆星罗棋布，数十万居民生息繁衍，日升月落的循环之中，歌哭悲喜的交替之间，有着怎样的丰富、浩瀚和神秘？仅仅是想一想，就会感到微微的晕眩。

一个人行走在这样一大片区域中，与周边物事日夕会面，目交神接，他会受到什么触动，会想些什么？探究起来，岂不也是一件很有兴味的事情？

　　大学毕业分配到这家报社，二十年了，一直没有变动，只是在内部换过几个部门。报社地盘不大，由四座建于不同时期的楼房围成一个长方形。站在院子里，感觉像置身于一个放大了的天井中。我在后楼六层一个朝南的房间住了五年，当年那一层都是集体宿舍。房间的窗口下面，正对着一条南北方向的小马路，两旁对称分布着几排四层高的居民楼，年头很久了，红砖墙面早已经褪色，灰黑色的脊形屋顶上，屋瓦黯淡斑驳，像盖了厚厚一层苔藓。

　　出报社后门，顺着这条马路步行几分钟，就到达一条东西方向的街道。街南边，是中央芭蕾舞团的院子。漫步在这一带街巷中，时常会看到面容姣好身材挺拔的女孩子，多数就是从这里走出来的。举手投足，言谈颦笑，都是一种特有的姿态和气质，让人想到春天里一株繁花照眼的小树。这一带多是普通市民住宅和小工厂小商铺，街巷胡同都很灰暗破败，因此她们的存在仿佛另类，透露出的是另外一个世界的气息。看到几个这样的女孩子迎面走来，优雅美丽，笑容灿烂，立刻觉得眼前都被照亮了，感觉到生活的美好可人，心中油然跃动一种欢欣鼓舞的情绪。

　　如今，这幕情景依然可以见到，视野中的女孩子们依然是那样明丽动人，但我清楚，练功房里，面对那一面巨大的镜子刻苦训练的婷婷身影，该已经换过了多少拨了。二十年前，十多年前，曾经在这些胡同走过的、引发过我的绮思的少女们，如今都在哪里，拥有怎样的一种人生？她们献身的是一种残酷的职业，典型的青春饭，淘汰率极高，没有几个人能够把红舞鞋长久地穿下去。时光洗涤下，什么可能都会发生。除了少数的幸运儿，大多数人可能会在各地的群艺馆、少年宫一类地方，担任教师或艺术指导。甚至可能完全脱离专业，到图书馆或资料室担任保管员,我就曾经数次在成排的书架、蒙尘的文件柜之间,看到过她们。烧得很热的暖气让人困乏倦怠,天花板上,荧光灯镇流器轻微的嗡嗡声放大了寂静。这种地方都很清闲,足以让她们细致地回忆往日如花的年华,在脑海中重温足尖上的梦想。某个外边单位的人来办事,可能会对她多看上两眼,产生一些好奇的猜测。这实在也是正常的。美本来就是稀缺的,再经过职业的训练,其印痕更是难以完全湮灭,如同一首曲子奏毕,余音仍旧袅袅。

因为某种机缘,她们多年后回到这个院子,或者仅仅是自旁边走过,从那些美丽的身影上望到自己的过去,那一刻她会想到什么?你会说无非是韶华易逝之类的感慨,陈旧得很。这是事实,然而对当事人的感受而言,这样的口气未免过于轻率了。说到底,有关生命的一切,感触,思索,事件,遭遇,生老病死,又有什么不是屡屡重复的?人生不过是一代代的循环,无穷无尽,"日光底下无新事"。不过,对于每一个人,生命都是唯一,那个过程连同其中的滋味,都要从头经历和品尝,因此那些放在历史和人群的背景上看会显得陈腐的所思所感,一旦落实到具体个体身上,都生动、鲜活和强烈,具有真切的质感,像刀子划过玻璃,火焰炙痛手指。

再往南不远,就是有名的陶然亭公园了。在上世纪初文人们的笔下,这里是一个荒凉萧瑟的所在,贫寒的文士们在此把盏赏菊,努力为晦暗的生存涂抹一点诗意的亮色。那几年上夜班,白天睡醒后无事,常常拿本书走到里面,找一排临水的长椅坐下,消磨大半日。那时候游园的人要少得多,远不像如今这样,热闹得像一处集市。上班时分,更是清静落寞。目光掠过湖水一直望到对岸,心情也缥缈无依。湖水中间的小岛上,有高君宇石评梅墓,朴素的墓碑上镌刻着"生如春花之绚烂,死如秋叶之静美"。这是泰戈尔的诗句,用来比喻这对情侣短促而闪亮的生命正为贴切。在当时,我还只能够对前面一句感到亲近和共鸣。死亡，尚是一个陌生的、和自己无关的话题，遥远如在天边。

　　出了公园大门，再向南边走一站地，就是车流密集的南二环路了。当年这条路还未修，所在之处只是护城河南边的一条土路，很狭窄，坑洼不平。印象里，当时河面比现在要宽不少，两边是很缓的土岸，透出舒展、坦荡、亲和，而不是像现在这样，被裁直取平，河堤用水泥砌成直上直下的，让人产生一种异己之感。曾经在夏天的大雨后，看到河里的水汹涌地流淌，形成大大小小的漩涡。那时两岸有高大粗壮的树木，柳树枝斜伸进水里，一圈圈的涟漪。骑车走在下面，能够听到蝉声，时作时歇，充满天然的趣味。虽然是在城市，但总有几分郊野的感觉。如今回想起来，恍若隔世。南岸不远处，是永定门火车站和长途汽车站。那里的气氛，是城市和农村的混合。回河北老家，要来这里坐车。记得新婚不久回家探亲，回来时因为火车晚点，半夜才到，末班公交车已经收车了，那时也没有什么出租车，只好大包小包拎回单位，寒冷的冬夜，竟出了一身毛毛汗。

　　我要稍微跑点题，把骑车闲逛也算进来。那些日子，特别是夏天，在单位食堂吃过晚饭，距上夜班还有好长一段时间，天色明亮，在近处散步已经腻烦，有时便蹬上自行车，借助车轮把视野延伸到脚步不及的地方。这一带都是平民区，从街巷的名字上，就能够猜测到最初在此居住的人们的职业营生：白纸坊，枣林街，樱桃街，菜户营，玉泉营……不外乎种植、手艺、小商业、简单作坊，但透过岁月的阻隔来看，便散发出一种散淡的诗意，连接着一个属于农业时代的、平民的、安宁的生活的梦。有一次，经过半步桥监狱外的胡同，头顶上方就是高大坚实的围墙，铁丝网、岗楼和荷枪的士兵，里面是一种我的想象力抵达不了的生活。也曾多次走过牛街清真寺的大门，看到头戴白帽的人们从里面做完礼拜出来。我仔细辨识那些面孔，试图寻找出这一族群中因融合了不同民族血液而呈现出的些微痕迹，同时用当时了解到的一点相关知识，比如青海甘肃宁夏的"花儿"民歌，一星半点的伊斯兰教的常识，从小听到的家乡一带的抗日英雄马本斋的故事，填补脑海中关于这个民族的大块空白。那时节，在一切领域，正是空白才最能够吸引我。总之，那几年，心态仍然是大学读书时的延续，热切，好奇，憧憬，梦想着自己也不甚清楚的什么。

那时精力充沛，夜班结束时，总是在一两点钟了，仍然毫无倦意，总想找点什么事情做。记得有一天，几个同样年轻的同事，骑车一口气赶到卢沟桥，为了欣赏所谓"燕京八景"之一的卢沟晓月。更多的时间，是随兴所至地读书，听听音乐，听任一些漫无际涯的想法，升起又飘散。从宿舍的窗口向外望去，四边的楼群已经融入夜色，显现出黑黢黢的轮廓，只有零星的房间亮着灯。寂静中，能够听到永定门火车站沉闷的汽笛声。

窗外，旧楼房的屋顶斑驳残破。倘若是个雨夜，更显得寂寥凄清。那时，读到了波德莱尔的《巴黎的忧郁》。诗人曾将目光投向了一个个窗口，"在这黑暗的或是光亮的洞穴里，生命在延长，生命在梦想，生命在受苦"。读到这样的句子，觉得有无穷的意味，心底泛起隐约的激动。它让人想到生活的丰富复杂，想到某种真实存在却难以清晰描述、深不可测的玄奥，它们是和诱惑、秘密，甚至还有某种罪过缠绕在一起的。如今回想起来，这种感触中，有多少是出自对诗句的准确理解，又有多少实际上没有关系，更多的来源于"为赋新诗强说愁"的青春综合症呢？但即便是后者，也是特定的年龄的产物，属于整个人生的奢侈阶段，当时浑然不觉，当有所意识时，往往已是事后。

那时，有两年的时间，我热衷于做一件事情，就是描绘对夏天的感受，记满了一个笔记本。这是四季中我最喜爱的一个季节。我记录下有关这个季节的许多，晴天和雨天各自的风景，清晨、正午、黄昏和深夜的种种画面。有许多地方，我的探测达到了工笔画般的精细，比如皮肤粘涩的触觉，风中树叶的闪光，比如响晴的日子和云彩淡薄的时辰，光与影呈现哪些变化，比如在烈日暴晒下，槐树和柳树的不同气味。我的感官耐心细致地触摸了季节的全部，从六月初到八月末，从少女的清新到少妇的丰润。

前不久整理旧物，发现笔记本还在，翻开来，恍如隔世。这是我做过的事情么？当然。当年在我心中，这是一件那么重要的事情，我曾经为那些不能领受这些季节的魅力的人深感惋惜，他们没有意识到自己错失了多么宝贵的东西。说来也巧，重读时也是个夏日，倍感亲切，甚至产生了重新体验一番的冲动，但想法刚刚浮现，马上想到下午还要带孩子上课。于是这个念头轻易地被打消了，丝毫不觉得遗憾。

这时我明白，我的精神离开当年已经有多么远了。

记忆里，南边，总是系连着青春的余韵。那些凉爽的清晨，寂静的午后，喧嚣的黄昏，回想起来总是闪动着愉快的光亮。造成幸福的一切条件都具备了：充裕的时间，悠闲的心境，没有琐事扰攘，爱情尚在憧憬中，没有成为现实后带来的失望感。确切地说，那是一种具体内容不详的惬意，由于模糊反感到一种宽阔丰富的满足。幸福说到底不正是这样一种状态吗？可以条分缕析清晰描述的，往往只是短暂的、一过性的快乐。

尽管记忆可以打捞，但感受的程度，已经不复能够和当时的敏锐细腻相比了。像一颗存放过久干瘪了的水果，像一部被缩写成故事简介的长篇小说，像从远处遥望一片树林，虽然同样是连绵茂盛，但那种青翠欲滴的气息呢？缀在叶片上的亮晶晶的露珠呢？从树叶的缝隙间筛漏下来的阳光呢？枝头小鸟欢快的啼叫呢？

按顺时针方向，接下来该说说西边了。依然按照次序，由南往北。

从报社后门出去，走到南头丁字形路口，向西略偏南一点，便是一条叫作南横东街的老街，它向西一直通到回民聚居的牛街。这条街上第一个南北方向的胡同，叫作粉房琉璃街。多年中，它都是附近我最喜欢的一条胡同，住集体宿舍那几年，隔三岔五地从中穿行，成家后搬走了，也时常在工作日的中午休息时间，去走上一趟。胡同不宽，但颇长，两边各有一排老槐树，掩映着一个个门洞。初夏时，会垂下来许多俗称"吊死鬼"的绿色小肉虫，在肉眼难辨的游丝上悬浮晃荡，常常是蹭着你的脸时才发现，冷不防被吓一跳。阳光好的时候，会透过很繁茂的树冠，筛落一地细碎的影子。秋冬两季，落叶满地随风窸窣，屋顶残缺的瓦垄间，衰草摇曳。这里住的清一色都是普通百姓，砖墙木门，院落房屋破旧颓败，但那些围坐在门口边吃炸酱面边聊天的人们的脸上，自有一种惬意满足，让人不由得对俭朴生活的从容和温馨，生出一种羡慕。

走到胡同北口，对着的就是横贯东西的两广大街。街道拓宽前，两边都是店铺，兴旺热闹远过于如今。此地名字为骡马市，想必是当年进行牲畜交易的地方。往西边走一站地，就是名声很大的菜市口，清代刑部处决犯人的地方，谭嗣同等戊戌六君子就是在此慷慨就义。当年这里也是一个丁字路口，一座过街天桥连接起了四周，东北边是以黄金制品出名的、有"京城黄金第一家"之称的"菜百"商场，西北边是有着四百年历史的老字号鹤年堂药店。路南，桥东侧是电影院，桥西侧是一家新华书店，在好几年时间内，我是这两家的常客。

每个城市都有自己的生态圈，古今同调，只是内容不同。据记载，清末民初，北京城内城南垣的几个城门中，宣武门一带进出的是学子，前门一带则多是官员。这和当今东三环 CBD 商务区多是公司白领，南三环一带服装商家云集一样，都是功能划分的结果。想象一番在那时的城楼门洞里走过的这两个群体的样子，也是很有趣味的事：一边是乘轿的官员，被搜刮来的百姓脂膏喂养得脑满肠肥，根据品级不同，衙役仆人的排场肯定也会不同；一边是徒步的学子，随身带着简单的行囊，家境好的，顶多也就雇一头驴子驮载书袋，多数恐怕都是形貌清瘦，但由于怀揣着一腔的热望，脚步有力，目光明亮。自明代永乐年间起，全国性的大考在北京举行，各地学子云集京城，食宿成了问题。一些在朝中做官的人，便邀请同籍的官员、富商、士绅等合力集资，设立了供同乡举子食宿的会馆。由于宣武门菜市口一带离科考场所贡院较近，就成了各省在京兴建会馆最为集中的地方。鲁迅先生寄寓数年的绍兴会馆就在这一带，林海音《城南旧事》中的故事，也是发生在福州会馆附近，作家在这里度过了童年。福州馆胡同犹在，当年天真活泼的小英子，已经老成慈祥的祖母，在海峡彼岸的岛上，在椰风蕉雨中。

　　这些会馆多数并不豪华，却坚实牢固，透着内在的庄重尊严。我从旁边走过，想象在几百年的漫长岁月中的一代代学子，怎样抱着对成就功名的憧憬，从四面八方赶赴京城，下赌注一样，把命运寄托在一次考试上。由此作为出发点，又衍生、牵连出了一个个故事。那些农业时代，从大历史的角度看，固然不乏动荡，但对被封闭在某个具体地方的个人来说，更多体验的恐怕还是沉闷、单调和凝滞，因此书生赶考及相关的一切，和芸芸众生最普遍的人生形式相比，便成为一个变数，一个充满可能性的领域，一个潜藏的命运转捩点，这些戏剧性因素，恰恰正是最适合戏曲小说的。于是我们看到了王宝钏十年苦守寒窑望夫还，看到了秦香莲哭诉绝情郎，包公怒斩陈世美。当然，也有可笑又复可怜的，像吴敬梓笔下的迂腐的酸儒群像。故事的最后，总是通往某种道德训诫。

　　暂且按下道德评判不谈，那是另外的题目了。就我而言，这一带使我觉得亲近、亲切，是因为一条贯穿了数百年之久的线索，让我有一种同声相应、惺惺相惜的感触。作为一个外省的平民子弟，我也是一种名叫"高考"的当代科举制度的受惠者,在众多羡慕目光的护送下,从贫瘠闭塞的冀东南平原一隅来到京城,在高等学府书香浓郁的校园里接受良好教育,并因此得以拥有一份小康生活,成为众多同龄人的幸运者。几百年间,许多是变化的,像考试内容,像服务的理念和目标。但以考试成绩为汰选依据的基本原则却不曾变化,除了在"文革"那样极端荒唐的短暂岁月。在一个门阀传统深厚的社会,这样一种一视同仁的机制堪称异数,但却给所有人,特别是那些家世贫寒卑微的子弟,一个难得的梦想成真的机会。

不过,如果将生活作为一个整体来打量,更能给人强烈印象的,毕竟还是变动,无处不在的变动。它们是兀自闯入眼帘的,躲避不开。如今,在写这篇文章时,我走过多少次的粉房琉璃街尚在,但胡同东边的房屋已经拆光,变成了一个名为"陶然北岸"的房地产项目的一部分,已经有几幢楼房拔地而起。胡同西边的那些平房,一副孤雁失侣茕茕孑立的样子,它们早晚也将变成对面的模样。这条胡同会留下来,成为楼群中间的一条道路,仿佛高耸的山峦之间的一道峡谷,但再不会是那条二十年中印下我无数履痕的胡同了。这条胡同的韵味,会随着冬日眯缝着眼睛倚着墙根晒太阳的老人,随着北口卖烙饼的吆喝声和飘散的烙饼香味,一同消失,了无痕迹。

这只是一个缩影。周围方圆好几平方公里的一大片区域,都在经历这样的蜕变。几年前,两广大街扩建,打通菜市口南路,路南边许多会馆及名人遗址连同它们寄身其间的大片平房、胡同等,都被拆毁,如今只能追忆和凭吊了。路北边,同样是大变样。当年几十条弯曲狭窄的胡同有如迷宫,我骑车上下班时,隔三岔五选一条未走过的胡同穿行,体会山重水复柳暗花明的感受。如今,取而代之的是一片高楼林立的居民小区和购物中心,旁边一个更大型的商城也在建造中。规划更为雄心勃勃:一条南北方向的大街两边,将汇聚多家著名的国际大通讯社、报社、电台电视台,形成一条"国际传媒大道"。命名的热情,不过是这个时代的种种冲动中的一个微小的表现。目前这些尚是蓝图,但不需多久就会成为实体。在除旧布新方面,人们已经积累起丰富的经验,速度效率令人惊讶。

从胡同出来,就看见米黄色的报社大楼了。对面的前门饭店,建于五十年代,曾经是京城屈指可数的高档宾馆,但和近年来众多新建宾馆相比,则未免逊色不少,仿佛迟暮的美人,面对众多青春靓丽的新面孔。我第一次到里面,是参加工作的第一个秋天,报社组织看根据路遥的同名中篇小说改编的电影《人生》。好多年头,报社一年一度的迎新茶话会,都在这里举办。饭店西侧宽阔的人行道上,九十年代中期的好几个年头,成了热闹的摊贩市场,卖廉价服装。紧靠着饭店的外墙,有名的"小肠陈"曾经在露天里支摊,我有时和同事去吃卤煮火烧,看着旁边一口大锅里盛满了肺头、肥肠、豆腐、切成小块的面饼,在酱紫色的浓汤中上下翻滚,热气腾腾。对面是技术交流馆,最不名实相符,先后卖过百货、家具等,如今成了一家便利超市。

如果街市仿佛一条河流,作为其堤岸的建筑都在发生变化,那么河床中涌动的水流呢,也就是构成生活的具体内容,自然更是随时更新了。泛泛而谈未免不着边际,就说时尚的更迭,可以明确辨识的,在这么多年中,不知有过多少次,经历了几番轮回?再缩小范围,只说穿着,记得曾经时兴裙裤,裤筒宽松得像面粉口袋,单位几个年轻女孩子,高矮胖瘦的一齐装扮好在门前走动,感觉颇怪异。还一度流行黄裙子,满街都是晃眼的明黄色,甚至还有一出话剧的名字就与此有关。仿佛是好久以前的事了,但其实,不难掐算出具体的年头。马可·奥勒留,古罗马帝国的皇帝,著名的斯多葛派哲学家,曾经这样写道:"时间好像一条由发生的各种事件构成的河流,而且是一条湍急的河流,因为刚刚看见了一个事物,它就被带走了,而另一个事物又来代替它，而这个也将被带走。"

当然，所有这些，都只能去记忆的深层探寻了。悄然流逝的时光是一层层淤泥，覆盖了曾经发生的一切，那一切也和此时在眼前闪动的事物一样，充满了鲜活的声息。想到这些，会有一种情绪在心底氤氲。人的本性中有着期望事物恒定不变的倾向，所以地老天荒、海枯石烂一类登峰造极的比喻，被用来赞美在感情序列中位居前列的两性情爱，这或许正是源自潜意识里对于韶华难再、生命易逝的忧惧？

随着城市改造步伐的加快，媒体上对于古都美学风貌行将消失的忧虑很多，但改变或消失的，何止审美韵味一种，而是涉及到人生的诸多况味。存在决定意识。人心中一定有些东西，是和环境密切相关的，其面貌和质地都受到它们的制约，仿佛某些植物，只能生长在特定的水土中。对比两种不同的生活图景，是一件饶有兴味的事情。一种是在雨水敲打屋瓦的声音和鸟儿的鸣啭中醒来，院子里石榴树的影子映在新裱糊过的窗纸上，胡同里小贩叫卖的声调舒缓悠长；看茶杯里茉莉花片舒展出袅袅香气，时间的步伐迈动得太迟缓。另一种，是在闹铃声中努力睁开眼，被车潮人流裹挟着，赶赴钢筋水泥丛林中的某个小小的格子里，在此起彼伏的电话铃声中，在总也写不完的公文报表中，不觉中一天匆匆而过，更深夜阑，旁边电子游戏厅中枪炮的轰鸣声却通宵达旦。这种种不同的背景下衍生出的情感、想法、遭遇、故事，当然会有所不同。譬如爱情。在前一种情形下，萌发和生长都可能缓慢，羞怯，欲说还休，却自有一种入骨的深浓情味，有对抗时光的执拗和坚固。而在后者，也许会远为炽热迅疾，奔放明快，但由于浸润了时代的风习，却容易潜伏种种变数，痴迷和淡漠都在朝夕之间，如同街头上飞快更替的外景。

每一代人的生活，用哲人的眼光看，从大处看，无非都是生老病死，基本内容都是一样的，但换成常人的目光，从细部看，更多的还是不同。仿佛同样几个音符，同样的几种颜色，却可以创作出风格迥异的音乐美术作品。关键是看你在无休无止的时间大潮中，位于哪一道波浪上。

在我写这篇文章的日子，单位的各个部门都正在忙着收拾，准备告别这座使用了三十九年的办公楼，搬迁到几公里外的新址。今后，没有特别的情况，我不会再返回这里。于是，对我来说，它就会变得仿佛不存在一样。"存在即是被感知。"这曾经被贴上唯心主义的标签受到批驳，但想一想，何尝不是如此。如果不曾感觉过，我怎么能够肯定它存在过？或者换一种说法，即使它存在过，但因为和我没有关系，那么，和压根儿没有存在过又有什么本质的不同？我并不是在拗口令。

再瞥最后一眼吧，今后这座建筑中几百个房间里的生活，回忆和梦想，欢乐和伤痛，只属于进出这座大楼的人们，而和我无关。

一直向北走，十几分钟后，就到了闻名遐迩的琉璃厂古文化街，书籍字画汇聚之地，也是一个多世纪以来，文人雅士们最喜欢流连的地方。

对同一个地方，不同人的感受常常会是很不一样的。在你是断肠之处，在他却是销魂之所。在你值得反复品咂回味，在他却可能是急于摆脱的梦魇。因为充塞流布其间的生命体验各不相同。就琉璃厂来说，旧文人们笔下每每流荡着怀旧的怅惘，也许与文字多写于暮年有关。但在我的记忆中，这个地方总是和热闹喧嚣、生机勃勃，和丰盈的梦想，和生命中明媚的一面，紧紧联系在一起的。

这是一段长长的无形的链条。链条上的第一个环扣，系在八十年代初期的日子上。还在读大学时，就和它结下了缘，曾多次从校园所在的海淀镇，坐332路到动物园，再换乘15路过来，买古籍图书。当时的梦想，是成为一名古典文学研究家。参加工作后，近水楼台，来得就更多了。这里的那些书店，海王村，邃雅阁，中华书局和商务印书馆的门市部，没有一家不曾留下足迹。每年秋季的古籍书市，更是一连多少天，穿行流连于分布在海王村公园上下二层的许多家书店书摊之间，被初秋热力尚存的阳光晒出一头汗。藏书中的相当部分，是多年间在这一带搜罗的。

  然而慢慢地，我去得少了。现在，大约有两年之久了，我甚至不曾再迈进过其中的一家书店。是因为家里书多得无处存放，还是阅读的兴致衰减了？两者都有吧。想到当年购书藏书读书的热情，恍如隔世。那时，一周不逛一次书店，就似乎有种负罪感。当年梦想拥有足够多的书，后来有了。又渴望拥有一间单独的书房安置这些书，这一点终于也实现了，五个大书柜一字排开，占据了整整一面墙，顶天立地。"坐拥书城"的条件具备了，但兴味却不复是那么浓厚了。

  这总还算是行走在同一条道路上，虽然按当初的眼光看，心情已经涣散，步伐已经杂乱。改弦易辙的也大有人在。一个朋友，当年聚书的兴致远过于我，得用痴迷狂热一类字眼来形容。好几个年头的琉璃厂古籍书市，他都从远在西北郊的单位赶来，一大早就守候在书市门前，为的是第一拨进去，淘到好书。因为买得太多，自行车装不下，便运到我宿舍里存放，床铺下都快堆满了。后来多年不曾联系，再见面已是十几年后，应邀到其远郊的联体别墅度周末。上下两层，附带不小的花园。房间就有六个，自然也有书房，书也不算少，大部分是管理经营之类商务书，外表很是堂皇。当年他狂热搜集的学术文化书还是有一些，但从位于书柜里层的位置，从摆放得横平竖直的整齐样子，看得出几乎不曾翻动过，如今它们的职责只是陪衬。在一帮在文化圈中讨生活的朋友面前，主人也许很在意自己曾经的角色，表白说只要抽得出时间，他还是时常重读过去的书。但我听出了言不由衷。

书籍也和有生命的东西一样，是否被亲近，亲近到什么地步，是有痕迹的。

　　人生中，这样的情形还有多少？曾经占据生命中心位置的内容，慢慢地退出，慢慢地淡出视野。当然，同时也会有什么从远处围拢过来，拉到眼前。生命就是在这样的一近一远的过程中，改换着模样。由于是渐变，当事人自己往往也不甚明晰，只有将其放置在较长的时间背景中，才会看得清楚。

　　后梦叠上了前梦，新梦覆盖了旧梦。其间的纠结、错杂、失望、得意、悔恨、庆幸等等，谁能说清？哪一种更好？始终如一的梦想，还是不断变化的追求？求新逐变是人性中的天然倾向，并没有什么让人一条道走到底的充足理由。但另一方面，在短暂的一生中，如果没有一个贯彻始终的秉持的话，目光就更易于游移，生命的飘忽感也就难以得到抵御。

　　这条南北向的街道东边，就是前门外大街、大栅栏商业区及周边胡同群，因为被列入了历史文化保护区，得以较完整地保存了原本的面貌。这里，巷陌纵横，院落错杂，鳞次栉比的店铺，摩肩接踵的人群，永远是拥挤嘈杂，张扬着商业活动的无限活力。我对这些没有兴趣，吸引我的是那些旧房屋宅院，曾经被时光的沙尘反复覆盖过多少次，如今显得灰头土脸。在旧建筑被大片地拆毁的今天，我希望它们最终能够完整地保留下来。这里面，有和众多专家们相同的价值观，即保存旧城审美风貌，但还有一条属于个人的隐秘理由：只有依托于那些黯淡破败的旧建筑，我才能够寻找出过去的影子，才能够想象那些曾经发生或者可能发生的故事。沉湎于不切实际的梦境，对我来说，始终是一种难以摆脱的癖好。

　　那些幽深曲折的胡同，迷宫一样，让我不止一次地迷失。有一年单位分房，有一间就位于这里，曾陪同一位同事来看过。从一个光线昏暗的门洞里进去，沿着黑黢黢的、有些地方的扶手已经朽烂的木楼梯，上到二楼，周围是回字形的一圈环廊，围着许多个一模一样的房间，看下面仿佛天井。当时只觉得格局甚为奇特，后来才知道，原来附近就是闻名的八大胡同，这里曾经是其中的一处娼寮。同事在这里住了一年余，我曾开玩笑地问他，睡在这样的屋子里，深夜的梦境中怕要有脂粉味道飘过吧？

从这里的任何一条胡同走到东边，来到前门外大街上，都会望见正阳门城楼箭楼。上个世纪前叶的几十年间，乘火车进京，出前门火车站，第一眼望见的就是那巍峨雄浑的形体。从湘西乡下来京城闯生活的十八岁的沈从文，一睹之下，胸中顿生豪情："啊！北京，我要来征服你了！"让人想到巴尔扎克笔下，闯荡巴黎的外省青年拉斯第涅。其实，类似的故事可谓随处可见，并没有什么新意。这是属于年轻的梦想，具有最广阔的普遍性。胜利者当然有理由用自豪的语气回忆和夸耀，或者被后人当作传奇一样地叙说。但我想说的是，相信每个人其实也都曾有过不同内容的梦想。不过是没有实现，缺乏言说的资本，于是只好无语。谁会在乎一个籍籍无名者的诉说呢？赢者通吃的商业法则，原本根植于人性中的可以谅解的势利根性。

明白了这点，也就不必再顾虑什么，不妨推而广之，猜测一番那些当年曾经在这片迷宫式的区域内生活的、和少年沈从文同时代的各色人等，都会有什么样的梦境？既然生活的本质便是梦想。

不难想见，那会是一部梦想的百科辞典，是层层叠叠的梦想的金字塔，有着不同的形态和色彩。在胡同中拉着客人串街走巷的车夫的梦，该和老舍笔下的骆驼祥子一样，是拥有一辆属于自己的黄包车。那位站在寒风中迎候客人的店铺伙计的梦，该是有朝一日自己做掌柜，开一家小小的绸布店、鞋帽店。某一条烟花巷里的备受践踏、强颜装欢的风尘女子，梦想的是一日从良，寻一个老实厚道的男人过完下半生，只是不知还能否生育下一儿半女？强横霸道的军阀，老谋深算的政客，筹划着如何扩充势力，如何浑水摸鱼。革命党人也曾出入这里的歌楼酒馆，结交三教九流，放浪形骸的表现，既出自于不羁的天性，更是一种巧妙的掩护，图谋推翻清廷，实行共和。总之，这里混合了善良和奸邪，谦卑和野心，家长里短和社稷传奇，光明磊落和鬼蜮伎俩，汪洋浩瀚，深不可测。

这一带，因其毗邻皇宫的特殊位置，而成为一处公共记忆的富矿。脚步的每一次迈动所溅起的尘埃中，都可能会含有几星历史的尘屑。清宫秘闻，优伶传说，老字号商铺的历史，义和拳起事和八国联军炮轰正阳门城楼，蔡锷将军和小凤仙的英雄美人传奇……既有信实也有野史，被匆匆流淌而过的时间潮水裹挟、混淆为一体，真伪莫辨，成为后世的历史学家和平头百姓争执不休的一个个悬案，为原本已经十分繁复曲折的历史迷宫，添建了一条条新的疑径。

公共记忆的力量十分强大，每每会挤占和遮蔽个人记忆，但对大多数人来说，真正对个人生命产生意义的，还是后者。仅仅是由于这些属于私人的记忆，生命才具有特别的滋味，人和生活才建立了一种深切的关联。我曾在马来半岛高大苗壮的热带树木下，喝着一种略带苦涩味道的饮料，听一位耄耋老人话旧。他在紧临前门的一条胡同里度过童年，成年后远赴南洋，再未回去过。当回忆的潮水漫过幼时的一大片街巷时，他脑海中浮现出的，是卖酸梅汤和冰糖葫芦的街头小贩，是春节逛庙会时拿在手上哗哗转动的风车，是看过的木偶戏和皮影戏，是把小小陀螺抽得飞快旋转半天不停的快乐场面。我记得那一副写满了眷念的表情，和语气中浓浓的怅惘。

就说我自己，多年来在这个地方穿行了不知多少次，但真正留下记忆的只有两次。一次是当年上大学时，母亲自家乡来看我，带我在箭楼东南方向的一家服装店里，买了一件毛线衣。我不会忘记母亲看我试穿时,那种慈爱的目光。等到问过了价钱,母亲一时有些犹豫,虽然远谈不上贵,但当时家里很贫困,花一块钱都要算计。但最终母亲不顾我的反对,掏钱买下。那是深秋,旁边的一家卖食品的小铺子里,飘散出糖炒栗子的香味。另一次和一场没有结局的爱情故事有关,背景之一便是这里的纵横交织的胡同。一个冬夜,骑着自行车在炉灰渣、冬储大白菜垛之间的狭窄通道中小心穿行,感受着后座上惬意的重量,姑娘的胳膊羞涩地、若即若离地箍在我的腰上,至今想来都感到一缕温暖。车轮不小心辗上一片结冰的路面,连人带车摔倒了,一时手足无措,却只听到姑娘娇嗔的笑声。

胡同纵横,庭院深深。在阔大的背景中,在旋生旋灭的千万种场景中,这两个画面,只能算上一个极端微小的细节。但它们是属于我的,是我灵魂中的小小芒刺,使我有一种幸福的疼痛。

从这里面的任何一条胡同向东走,都会走到南北方向的前门外大街上。

站在胡同口,左望,是巍峨的箭楼,向右边走,不出一千米,以一个十字路口为界,南边就是永定门内大街。这条大街未必人人都清楚,但要说起天桥地区,不知道的人大概寥寥无几。这一带,也正是报社的东边。今天,天桥仍然是老北京神话的一个构成部分,吸引了许多爱好民俗的寻梦者前来踏访,但估计多半会失望的。任何事物都寄寓于特定的空间和时间中,那些传说中的天桥把式的奇技绝活,已经属于湮灭的过去,时过境迁,即使想象力再为发达,也难以再现当时的生动逼真。倒是街巷的痕迹更为持久牢固,经得起时光的咬啮。这里是平民,更准确说是贫民的聚居区,穿行在那些破旧逼仄的胡同里,不难想象当年生活的贫寒困窘。

这一带,名气最大的是天坛公园,前后去过不少次,在凉意森森的古松古柏下徘徊，围绕着圜丘上的回音壁转圈，想象时间的浩渺，感到自己在一点点地缩小，几乎像一粒树底下到处都能捡到的松子。隔着一条大街相望的先农坛，在很长的时间中都荒凉岑寂，让我想到史铁生笔下的地坛公园——当然是七八十年代时的模样。如今，以拓宽南中轴路为契机，道路两边的变化十分惊人。分隔两个公园的平房、商亭、市场、临时建筑等都被彻底拆除，取而代之的是一个巨大的园林，广植树木花卉，与新建的永定门城楼相呼应，让人鲜明地感受到了复兴的气象。

但一个人的头脑毕竟不是旅游手册，不是大公司名录。对于某个具体的地方，他的记忆会选择什么，却并非仅仅来自于对象的知名度，而更多是取决于它对他的生活的影响程度。对我来说，只要脑海中那一架探测雷达转向东边这一片区域，首先显露在荧光屏上的，是两个医院的形象。

二十年前，到天坛医院求医的患者不会比今天少。这所医院以脑外科手术而闻名。当年，被一片居民楼包围着的医院大门显得十分寒碜，生着煤炉的候诊室热量微弱，穿了厚厚的棉衣仍旧不停地抖瑟。一位故乡的亲戚的儿子，聪明伶俐的七岁孩子，得了一种叫作颅咽管瘤的恶性肿瘤，来这里动手术。这种病发病率极低，据说几十万人中才会发生一例。手术前后，孩子的父母在我的集体宿舍里住了一个月。和母亲无奈的隐忍相比，父亲显然更难以认可和面对这个现实，灵魂被剧烈的痛苦撕扯着，一刻不停。上完夜班已经后半夜了，回到宿舍，他还未睡，靠窗口枯坐着，一动不动，像一座雕像，烟头的暗红色一闪一闪的，不时会发出被压抑的叹息声。这种罕见的病魔为什么会轮到我儿子？我前辈子造了什么孽，要遭到这样的报应？在百思不解之后，一个县城里的孔武干练的警察，彻底的无神论者，也开始怀疑冥冥中或许藏着什么神秘异己的力量。为了排遣痛苦，他时时向一个笔记本上写些东西,有一次我翻开来看,除了呼天抢地般的痛苦哀号外,还写满了种种猜测,都是从一些蛛丝马迹中找寻和分析。比如,孩子发病前一年的冬天,鸡半夜打鸣,应该想到这是不祥之兆,但为什么没有注意?刚犯病时,孩子喊头痛喊了半个多月,为什么只当是伤风感冒,拿了一些药吃,而没做进一步的检查?似乎那样做了,孩子就不会有今天的情况。这样的念头分明是谵妄的,但在特定的心境作用下,却仿佛潜藏了种种可能性。痛苦传递到握笔的手上,笔迹也被扭曲得潦草变形,充满了悔恨,似乎自责越深,心情也更好受一些。这种亲子之爱的强烈和非理性令我惊骇。

手术应该说是较成功的,但据医生讲,复发的可能性非常高。因为肿瘤的位置在脑干部位,不能全部切除,但只要留下一点,癌组织就有可能再次生长、繁殖、增大。在当时的医疗条件下,只能如此,别无选择。我们都想,孩子已经受了太多的苦,今后来眷顾他的该是那很小比例的幸运了。其后好几年,孩子没有任何病痛的感觉,那次回老家,看到他长高长胖了不少,脸蛋红扑扑的,也更聪明了,每次考试都是全年级前几名。我们以为总算逃过了一劫——然而这个希望又一次被粉碎。病魔再次伸出魔爪,肿瘤重新长大,疼痛更为剧烈。第二次手术,孩子未能走下手术床。由于失去爱子的巨大创痛,这位父亲在其后的岁月中,陷入忧伤抑郁,几种致命的病魔也乘虚而入。几年前,正当半百盛年,撒手离开人世。我敢肯定,在弥留之时,他一定听到了冥冥之中爱子的召唤。

多年后,我又一次目睹了悲剧的重演。一个大学同学的女儿,得了骨癌,忍受了几年化疗、放疗的痛苦,最后仍然不治,如花的生命在十三岁的花季凋零了。灾难降临时,当然不分男女老幼,"黄泉路上无老少"。但发生在孩子身上,发生在生命之初,总是更显现出残酷和邪恶,让人难以面对。

夺命恶魔的面孔是多样的。不可预料的疾病之外，还有突如其来的灾难。报社一位职工的女儿，在旁边的一所中学上学，一次放学时刚走出校门来到街上，从旁边驶过的一辆卡车撞倒了一根电线杆，不偏不倚地砸在她身上，当场死亡。这种事故发生的概率极其微小，然而只要有一桩，就足以判定其无限邪恶的根性，因为它对应的是一个鲜活的生命。

当然，绝大多数人不会遭遇这样的噩梦。然而，侥幸躲过了猝然的断裂，谁又能避开缓慢的凌迟？这一种感触，又是同另一座医院相联系的。

友谊医院是单位的合同医院，出大门向东走上十来分钟就能够到达。每个年度的体检在这里进行，单位医疗室解决不了的病痛，也都要到这里就诊。苏式风格的建筑，印证着一段两个相邻大国友善交好的历史。这所医院的太平间，在医院大院的西边，那里有一个侧门，面对着一条南北方向的马路。这条街离报社更近，散步时经常走过，因此经常能看到护工把死者抬出侧门，在身着丧服的亲属的簇拥下，抬上灵车。见得多了，感觉便麻痹了，似乎彼此毫不相干。

这种意识当然是荒谬的。英国诗人邓恩写道："每个人的死亡也都是我的死亡，丧钟也是为你而鸣的。"万事万物，都被一道无形的纽带连接着，虽然未必意识到。诗人的话如今已经被现代科学印证——混沌学理论认为，大洋此岸一只蝴蝶轻轻扇动翅膀，有可能在几千公里外的彼岸引发一场风暴。但另一方面，这种淡漠、无动于衷，也许自有其深层的理由。除了探究天地人生之谜的哲人，大部分常人毕竟不需要对每件事情都寻根问底。也许，这正是生命被赋予的一种必要机制，使人能够慢慢地认识、习惯，并且适应于那些攫取生命的异己力量。过度的敏感，过多的思虑，只会带来伤害，慢慢累积起来的重量，会像铅坠一样羁绊灵魂，戕害生命的活力。生存已经充满忧伤，为什么还要预支生命结尾时的悲哀呢？

就我来到报社的二十年间，新人旧人，不知换了几拨。报社不同于机关，不必坐班，内部各个部门也都是各把一摊，相互间不需要过多联系，因此虽然出入于同一座大楼，许多人彼此并不认识，认识的也多属点头之交，这样一来，谁调走了，谁的生活发生了变故，别人都说不清。好多次，听人议论起某个名字，脑海里浮现出一个面孔，这才猛然意识到，已经有多年不见此人了，甚至更糟，得知已经与这个人阴阳暌违了。

我所在的部门的一位老领导，曾经告诉过我英语中两种对死亡的委婉说法，分别叫作"加入大多数"和"成为分母"。的确，与逝者相比，活着的人，尽管以亿计数，也永远只是少数。随着时光的流逝，分子不断变为分母，分母越来越大，仿佛一座巨型金字塔的不断在增宽的底座。这是一切生命最后的归宿。也许只有在这个目标上，才真正谈得上万众一心，步调一致。

瞩目和思考这个过程时，死亡的含义便不知不觉中被转换了，由肉体的消失变为躯体功能的衰减。死亡不但是结果，更是一个随时随地的过程。从出生那一刻起，人就在走向死亡。这样想，心情会变得坦然和平静：既然始终与它携手同行，不曾须臾分离，又何必要为最后的那一次拥抱而忧心忡忡呢？那无非是一种更夸张、更具有仪式感的动作。

目光还是回到身边吧。人群中，难享天年的毕竟只是少数，绝大多数的人还是会循着一条正常的轨道，慢慢老去，在不知不觉中变化着自己生命的季节。令人想到一棵树上的叶子，由碧绿变为枯黄，由润泽变为枯涩，曾经光洁的叶片，渐渐布满了细碎的斑点和小孔。在单位每月报销药费的固定日子里，总能在楼道里看到许多离退休职工，他们互相打招呼，询问彼此的健康，交换种种有关身体不适的抱怨。

二十年前我刚进报社的时候，这其中的许多人还年富力强，精神矍铄，是本部门的骨干，如今垂垂老矣。原本文弱儒雅的，显得更加飘然绝尘，即便那些性格硬朗锋芒毕露的，眉宇之间那一缕好斗的神态，不知何时起也被温和蔼然替代。那样一种姿态，更多的属于彼岸，让人想到的不是某个具体事件、具体日子，而是隶属于永恒的范畴。

按正常的生命流程，不罹患绝症，不遭遇无妄之灾，再过二十年，我也将是这个排队等待报销药费的队伍中的一员。而那时，也会有年轻人，迈着轻盈的步子从旁边走过，仿佛是二十年前的自己。此时的我，恰好行走于人生旅途的中间，位于一个最好的观测点，前瞻后顾，来路和去处，都分明清晰。仿佛一出永远不会闭幕的戏剧，一代代人老去，退场，隐没，而同时许多人也正在出生，走近，登台，充当主角。这幕大戏，又可分作无穷的单本剧，场景林林总总，内容繁复错综，角色如恒河沙数，同时上演，彼此交错，但却共有一个剧名：人生。

歌手朴树的成名曲《生如夏花》中，反复回旋的是这样几句歌词——

　　我是这耀眼的瞬间
　　是划过天边的刹那火焰
　　我为你来看我不顾一切
　　我将熄灭永不能再回来

太平间门口的斜对面，隔街相望，是一家餐馆。显然是为了辟邪，餐馆门口摆放了两个石狮子。坐在餐馆里，隔着玻璃，那边的动静会望得清清楚楚。许多事情，要借助对比才能够认识得更清晰。敏感的古代波斯诗人，在纵情狂欢的时候，用人的头骨做成的杯子盛酒，通过凸显人生如寄的短暂，来使得享乐的滋味更为醇厚浓烈。也许由于医学的发展攻克了许多曾经致命的疾病，由于寿命的普遍延长，我们没有那样地敏感，生死不再是日夜缠绕的问题。但在一些特殊的时间和场合，譬如此时此地，也能像电光石火般闪亮一下，生命的脆弱，生活的意义，霎时间都会涌到心头。

蒙田说过："思考死亡是为了更好地生活。"这位异代异域的智者，在这句话中，却揭示了一个不受时空阻隔的道理。

那么，何妨从容把盏。酒入脏腑，该会有一些东西，被逗惹出来，仿佛在显影液的浸泡下，胶片上的内容渐次呈现。酒液是五谷的精华，这些感触，则是对生活发酵和蒸馏后的提取物，是高纯度的、最为本质的东西。

和整个城市相比，我的步履所至的周边范围，只是很小的一部分，一处微不足道的局部，一个可以忽略不计的细节。两者之间，像一盆水和一座水库？一棵树和一片林子？

但它们却是这个巨大整体的有机部分，能够透露出这座古老而充满活力的城市的总体精神气韵，它的魅力和缺陷，荣誉和羞辱，它让人迷醉或尴尬的内在特质。仿佛物质构成层面上的原子，尽管是最微小最基本的单位，但已经包含了此种物质的全部最根本的内容。

作为高智能的生物，人似乎无所不能。偌大的地球硬是被弄成了一个村子，越海跨洋如同到邻居家串门，去外层空间和其他星球也不再是痴心妄想。也许不需要太久，旅行社之间就会为到月球观光度假展开竞争，就像今天在火车站出口处招徕生意的旅店。但我仍然要说，对绝大多数人来讲，其生命的展开，人生体验的获得，是发生在周围的一个有限空间里的。不管将来科学会发展到怎样难以想象的地步，只要空间的物质属性依然，这一点也不应该改变。一个有心人，会通过对周围有限的地方的凝视，洞悉存在的一切秘密，得到人生的全部感悟。这里展现了这样的一种关系：咫尺如同天涯；须弥纳于芥子。

或者，不妨换成英国诗人布莱克的那一段著名的表达：

> 从一粒沙看世界，
> 从一朵花看天堂，
> 把永恒纳进一个时辰，
> 把无限握在自己手心。

公园记

来到北京后，到过的第一个公园是紫竹院公园。

那是四十年前，1980年的九月上旬，入学后的第一个周末。从学校门口乘坐332路公交车，在白石桥站下车，走几步就到了公园的门口。同学们站成一圈，听班上的团支部书记介绍这次活动的具体安排。

这是第一次校园外的班级活动。

初秋时分，正是北京最好的季节，暑热已经稍稍减退，蓝天白云，阳光明亮，树叶熠熠闪光，清新得像被水洗过。今天时常袭扰京城的雾霾，那时还没有踪影。

团支书是一位北京女同学，端庄大方，一口好听的普通话，微笑着提示大家游园的注意事项，一点也没有我刚刚告别的家乡中学里的女同学们那种扭捏羞涩的样子，让我有一种新鲜的感觉。

类似的感受，其实这几天中已经反复出现过了。当时入学刚刚一周，除了住在同一宿舍的，大多数同学相互之间还叫不出名字。一帮十七八岁的少男少女，来自全国各地，在一个陌生的环境里开始了自己的新生活，看什么都新奇，兴奋活跃，还有几分懵懂。

这次班级活动也是如此。一进公园门就是大片的竹林，茂盛浓密，我还是头一次见到这种植物。往公园深处走去，小路曲折纵横，经过树林和小丘，长廊和亭台，眼前是一大片辽阔清澈的水面，微微泛着波浪，水岸边荷花绽放，远处湖面上小船摇晃……这些景观，是当时刚刚从小县城里走出来的我从来没有见过的。半天转下来，眼花缭乱，没有记住一处具体景点的名字，一路看到的那些风景画面，相互叠加起来，铺展开来，在脑海里交织成一大片跳荡的色彩，形成了一个鲜艳葱茏而又缤纷繁复的印象，让我眩晕。不久后，我有机会观看法国印象派画家的作品时，产生的也正是这样一种感受。

这种微醉般的情绪，还有另外一个更重要的来由。

在那时，一个人考取最高学府的荣耀感，今天难以想象。当时还是计划经济时代，高考几乎是年轻学子拥有美好前景的仅有的可靠途径，因此竞争远比今天激烈。那些有幸考上的，都会被视作天之骄子。戴着白地红字的校徽，走在街上，迎面投来的都是极为羡慕的眼光。得意也好，虚荣心也好，对当时还不满十七周岁的我来讲，这无疑是一种极大的满足。相信不少同学也和我一样，尽管努力装得若无其事，但时时会意识到左胸上方衣襟上那个长方形小铜牌的存在。

因此，今天回想起来，对1980年秋天的我来说，来到京城后第一次走进的这个公园，就仿佛是他彼时生命的一个隐喻，存放了快乐和满足、梦幻与向往等等，虽然那时自己还不能意识到。一个小地方的懵懂少年，因为幸运，一脚迈进了首都，进入了一种全新的生活，这种生活的魅力就像早晨天上的霞光一样闪耀。在这个秋天，他的生命刚刚绽放自己的春天。

那个年龄，正是最容易将可能性和事实混淆的年龄。我不知道也不曾想过，将来的生活会怎样展开，会是什么样的面貌，却深信一切都会十分美好，就像此刻映入眼帘中的风景，阳光明亮，绿意葱茏，碧波荡漾。这种信念甚至不是一种意识，而只是一团感觉。

我当然更不会想到，将近四十年后，我会频繁地走向它，在它的林间和水畔徘徊，被它的气息环绕裹挟。它将成为我的人生后半场的一个主要的陪伴者和见证者。

想象从这个地方拉出一条线，向东南方向延伸，穿过众多的街衢巷弄，止歇于陶然亭公园。它是第二个给我深刻记忆的京城公园。

这段距离其实并不算长，十公里出头。但我的脚步到达那里时，已经是四年之后了。

毕业参加工作，单位的大楼是一座建于上个世纪50年代的苏联风格的建筑，与对面的前门饭店、斜对面的工人俱乐部、东边的友谊医院（最早名为中苏友谊医院），成为一组风格相近的建筑群，在以平房为主的平民集聚区的南城，是一个特异的存在。站在报社六层的楼顶上，俯瞰远近广大区域内一片连绵的平房屋脊，喧嚣的市声仿佛尘土一样飘浮上来。

单位距公园不远，15路公交车坐两站就到它的正门东门，但我更喜欢步行。更多的时候是穿过纵横交织的小胡同，从它的北门走进公园。这个过程持续了将近五年，一直到成家搬离集体宿舍。算起来，它应该是我去过次数最多的公园。那几年主要上夜班，晚上九点多钟开始工作，第二天凌晨一两点钟下班，白天有大量的时间可以自己支配。这种日子隐约有着某种虚幻的特质，连我自己有时都能感觉到，仿佛飘浮在这个城市的上空，与周遭的生活若即若离。

这样的状态，正适合在公园里置放和展开。

清代康熙年间，这里是南城外的郊野荒凉之处，一位朝廷官员在建于元代的慈悲庵旁，修建了一座亭子，命名为陶然亭，源自白居易的一联诗句："更待菊黄家酿熟，共君一醉一陶然"。此后便成为文人墨客聚会之所，因而各种诗文题咏留下了很多，我曾经有意识地搜集过一些，记在小本子上。像这一副楹联，"烟藏古寺无人到，榻倚深堂有月来"，是光绪皇帝的老师翁同龢书写的，题写在陶然亭正面的抱柱上。还有几位不记得名字的诗人的和韵诗里的句子，如"萧萧芦荻四荒汀，寂寂城阙一古亭""斜日西风浅水汀，芦花如雪媚孤亭"等等，很能渲染出一种孤寒荒僻的氛围。

到了民国时代，这里依然是外地来京文人们的必游之地。在俞平伯的名篇《陶然亭的雪》中，它还是那么荒凉，旷野之上，到处是累累的荒冢，被茫茫落雪覆盖。而郁达夫在《古都的秋》中，谈到"陶然亭的芦花"时，是与"钓鱼台的柳影""西山的虫唱""玉泉的夜月""潭柘寺的钟声"相并称的。

当然这都是过去的事情了。今天这里已经是热闹异常，晨昏时分，许多周边居民来此运动健身。公园中亭子众多，山丘上，湖水边，走不多远就会遇到一座。记得当时一处名为"华夏名亭园"的园中园刚建成不久，汇聚了全国各地的历史名亭，完全按照相同的样式和大小建造，有兰亭、沧浪亭、醉翁亭、独醒亭、浸月亭……等等。在它们之间行走，我时常会感觉到自己遁入了时间的深处。

与那些亭子上的楹联所透露的萧散气息相比，镌刻在上个世纪三十年代的年轻革命家高君宇墓碑上的文字，则完全是另一种精神气质。墓地位于将湖面分隔为东西两部分的湖心岛上，锦秋墩北麓的小松林旁侧。"我是宝剑，我是火花，我愿生如闪电之耀亮，我愿死如彗星之迅忽。"这一首他剖白心志的短诗，被石评梅刻在墓碑上，同时也刻上了自己的心声："君宇！我无力挽住迅忽如彗星之生命，我只有把剩下的泪流到你坟头，直到我不能来看你的时候。"因为悲伤过度，她不久后也撒手人寰，被安葬在高君宇墓旁。这一对恋人生前未能合卺，身后始得并葬。两座方锥形的大理石墓碑,紧紧相邻,仿佛两条伸出的手臂,向苍天指认他们的爱情。这样纯粹的、贯穿生死的爱,正适合那个年龄对于爱情的理解,又因为每次去岛上都要从墓地旁走过,因而对这个地方的印象也最为深刻。

但对我来说,最真切的撞击来自那些刻在墓碑上的语句,它们激烈而悲壮,仿佛具有超越死亡的力量。某个时候我想到,他们的事迹固然可以镌刻于青史,但倘若不曾留下这样的文字,很难想象会有现在这样感人至深的效果。与这一理解同步,让自己的生涯与文字建立起关联,是那个时候开始逐渐明晰起来的信念。

我记得很清楚,那一年的春末夏初,坐在西湖北岸、澄怀亭东侧的一条长椅上,头上是一棵枝条披拂摇曳的垂柳,我读完了当时出版的沈从文的全部作品。眼前湖水潋滟的波光,让我的思绪飘向湘西,飘向那一条流入洞庭湖的、"美得让人心痛"的千里沅江。那么多残酷而美丽的故事,发生在这条河流的水边和船上。正是从这里,少年行伍的作者开始用自己的眼睛观察和体味这个世界,阅读"人生"这部大书。

那个年龄有着不知餍足的好胃口,域外同样也进入了我的阅读视野。印象最深刻的是两位俄罗斯作家的作品,帕乌斯托夫斯基的《金蔷薇》,还有蒲宁的《阿尔谢尼耶夫的一生》。这两部作品鲜明的感性风格启发了我,一向混沌粗糙的感受仿佛骤然间被磨亮了。在两个漫长的夏季,我仔细观察大自然的种种表现,涉及到光和色、声音和气味,感官能够触碰到的方方面面,并记在一个本子上,期望将来某一天以此为素材,写出一本书。"夏天的美丽"——我甚至连书名都想好了。

那时社会上已经开始了向市场经济的转型,周围一些机灵活泛的同事和朋友,开始议论下海之事,甚至有所行动。但一种自我封闭同时也是不切实际的禀性,却让我对这些视而不见,而沉湎于某些看起来虚无缥缈的事物,自得其乐。对于这样的气质,在种种可能的诱引中,文学显然极具优势。

来去公园的路上,经常会从中央芭蕾舞团的门口走过。这一间高雅艺术的最高殿堂,却是一座毫无艺术色彩的老旧楼房,矗立于一片杂乱的平房屋顶之上,让人不免有一种错位感。那些挺拔美丽的姑娘走过时,像一道阳光,瞬间照亮了逼仄黯淡的小巷,梦幻一般。在我那时的感知中,文学与生活的关系,就仿佛她们和这片街巷的关系一样。

玉渊潭有比陶然亭更为开阔的水面。

第一次来这里,是参加工作后不久。大学同宿舍的一位要好的同学,按照当时的政策,被派遣参加单位讲师团赴山西吕梁一年。临行前相约来到这里,租了一条小船划向湖面深处,一边吃着面包、火腿肠,喝着北冰洋牌汽水,一边交流工作以来的感受,勾勒未来的打算,一些今天看来充满理想主义色彩的梦想。事先向单位同事借了一台相机,拍照留念,照片上的自己清瘦黝黑,一头乱发,胡茬好几天没有刮了。

再次来到这里,已经是几年后了。那时已经成家,住在西城区百万庄,妻子家提供的一间房子里。每天的生活轨迹,变为在城区西北与东南之间的往返。百万庄离玉渊潭公园不远,婚后头两年,没有拖累,时间充裕,因此每到周末,经常两个人结伴骑车来这里。

游泳是最主要的目的。这里水面阔大,没有障碍,吸引了众多野泳爱好者,一年四季都有他们的身影。和陶然亭公园一样,这里的湖面也被分作东西两部分。我通常是在东湖的北侧码头一带下水,每次游上大半个小时。有几次独自游到靠近湖中间的位置,平躺在水面上,肚皮被水草轻柔地摩挲着，十分惬意。四顾茫茫，空旷无际，感觉身体与水和天融为了一体，整个城市似乎都变得遥远虚幻。也曾经到什刹海游过泳，但在那里显然没有这种感觉。坐在岸边石头上等待的妻子担心了，站起身来摇晃手臂，要我游回去，身影望上去缩小了许多倍。

后来有了女儿，再来这里时更多是带她玩耍，与水有关的活动也改为坐鸭子船了。去得最多的地方，是东湖南侧码头后面的坡地，那里有一个儿童游乐场。年龄相仿的年轻爸爸妈妈，领着孩子爬滑梯、骑木马、荡秋千，表情中混合了开心骄傲和担心牵挂。

在这里我遇到了一位大学同学，另外一个系的，但有几门大课是一同上。一次坐在一起，交谈中得知彼此籍贯相邻，属同一地区，在那个渴望乡情慰藉的年龄，备感亲近，此后多次去对方宿舍聊天。毕业后头两年还时常通个电话，后来联系就少了。上一次见面，还是几年前在琉璃厂秋季古籍书市上，记得各自都抱着一摞民国版万有文库丛书的散册，有些已经卷曲缺损，发散出一股霉味。这个细节之所以记得清楚，还因为这正是他的专业范围，当时围绕这套丛书他说了很多，神情陶醉。如今在这个场合见面，当然是出乎意料，互相问问工作和生活情况，相约多联系，但此后再无消息。又是近三十年过去了，不知他近况如何？

我们彼此成为了对方人生中的过客。青年时期的那一抹记忆，很快被新的经历覆盖，如此层层叠叠，几十年时光呼啸而过。曾经鲜明的画面渐渐模糊漶漫，甚至踪影全无。生命旅途中遭逢的绝大多数的人和事，其实都是如此。

这个地方又被经常被称为八一湖。据说周边部队机关较多，六十年代清理湖中淤泥，他们贡献巨大，使环境大为改善。当时受最高领袖畅游长江影响，部队经常在公园中最南边的那个湖上进行游泳训练，它因此被命名为八一湖。曾经读到过一本部队大院子弟们写的回忆文章的结集，好几个人都写到小时候在这里游泳、打群架、摸鱼捉虾的往事，如今他们中最小的也已经步入花甲之年了。他们隔了多年后走进公园，觉得既熟悉又陌生。时光缓慢而不动声色地改变了许多，这里添加一点，那里抹去一点。

从西三环路上的公园西门到西湖北岸，有一大片樱花园。上个世纪七十年代初，中日关系解冻，当时访华的日本首相田中角荣，向周恩来总理赠送了上千株樱花，其中不少就种植于此地。其后数十年间又陆续引进了二十多个品种，树木多达几千株，成为公园的特色和亮点。每年的三月底四月初，在春天明亮的阳光下，盛开的樱花闪耀着梦幻一般的光彩，如同晴雪浮云，轻盈而灿烂。树下是蜂拥而至的游客，摩肩接踵。

樱花绚丽，但花期短暂，旬日之间即告凋零。一个有心人望着樱花飘坠，也许会想到这些：乐极生悲；热闹的事物难以持久；美的极致总是邻近了毁灭；最炽热的爱让人窥见死亡的面容……天道与世情、物理和人心，原本相通相证。当然，赏花的人们大多数不会这样想，他们正忙着摆出各种拍照的姿态，表情夸张，笑声连连。天气已经有点热了，额头上很快就沁出了一些微汗。

这一座公园也是有历史的。它始建于辽金时代，是金中都城西北郊的游览胜地。《明一统志》这样记载："玉渊潭在府西，柳堤环抱，景气萧爽，沙禽水鸟多翔集其间，为游赏佳丽之所。"数百年间，一代代的游客走过，然后消失。那么，如果依照博尔赫斯的观念，眼前这热闹非凡的景象，从本质上讲，也不过是同一幕场景的无数次再现之一，而今后这一过程也还将继续重复下去，无尽无休。

九十年代中期之后，从公园中的任何地方向西面望去，都可以看到西三环旁边高耸的中央电视塔。它是整个西部城区的地标，也是当时北京城最高的建筑，有着一种慑人的气度。清朗的日子，它投进湖水中的倒影，它后面更远处西山山脉灰黛色的影子，都在印证着这座城市雍容端庄的气质。

又过了十几年，北京地铁9号线开通，有一段就从东湖中间位置的地下穿过。单独地看，樱花、电视塔和地铁，这些数十年间次第出现的事物，当然都新奇而富于魅惑。但如果把它们放置在广漠的时间背景上看，对这座自辽金时代就蹲伏于此的园林来说，这些变化，也无非是加在一大幅画面上的一道线条，一笔晕染。

不算不知道，又有好几年没有走进这座公园了，虽然每天上下班都要驾车经过西三环，望得到通往八一湖的昆玉河的粼粼波光。我还可能再回到东湖游泳吗？

这好像不是问题，只要我愿意。也没有听说过那里近来严格禁游。但肯定不会与二十多年前一样了。不仅仅是哲学意义上的"人不能两次踏入同一条河流"，更主要的是心境不同了。当年，我很佩服一拨六十岁上下的老人，每次去游泳时都能看到他们，言谈中有一种不服老的豪迈，而今天的我也很快就要是他们的年龄了。

我想象我可能遇到的情形。我仿佛看到，某一个年轻人，得意于自己充沛的体力，更为等待在前面的无限丰富的日子而隐隐激动。他用一种尊敬但略带怜悯的目光，看了正在做热身动作的我一会儿，然后转身跃入水中，向着湖心处游去。他的身体犁出了一道波浪。

十五年前，单位搬到了东北方向两公里外的地方，临近著名的天坛公园，于是得以经常走进这座明清两朝皇家的园林。出单位门口，穿过马路，走上不到十分钟，就是公园的北门。

与前面几个公园相比，这座园林的功能决定了它的特殊气质和气势。进门后，沿着笔直的中线甬道向南边走，穿过或绕过北天门、皇乾殿、祈年殿、丹陛桥、成贞门、皇穹宇，一直走到圜丘坛。走过这段一千多米的漫长道路的时间，正是内心的敬畏感迅速产生和积聚的过程。这种效果，足以表明仪式的重要性。

祭祀皇天，祈祷五谷丰登，一代代专横暴戾的帝王只有在这里才稍稍显出些许谦卑虔诚。核心场所祈年殿、圜丘坛中的各种建筑，其数目都是九或九的倍数，象征着天的至大至高。世界上最大的祭天建筑群，世界文化遗产……这些桂冠不是轻易能够得到的。置身这样的地方，显然有助于获得对传统文化的具体而形象的认识。千百年来，与这座园林密切相关的许多知识和规制，其实是或显或隐地作用于每一位国人的生活的。

这些感慨更多是属于昨天的功课了。许多年前，曾经有几次独自或者陪同外地亲友来公园游览，为了不虚此行，仔细阅读过有关资料。但今天做了邻居朝夕相对，心情就变了，懒得再去思考它承载的意义，而更愿意将其当成一个日常生活的巨大容器。

天至高至大，祭天的场所自然也不能狭小。整个公园面积广阔，将近三百万平方米。被南北轴线贯穿的建筑群落两侧，是一望无际的草木区域，规模之大让人惊叹。这么多年中，我每次来公园，都是进门后不久就拐向右边，沿着围墙内的第一条小路，走向西北园区的树林和草地。随着脚步迈动，游人越来越少，景观越来越清幽。

不像其他公园中的植物，一看就是经过了人工规划，天坛公园的树木明显呈现出自然的样貌。它们连同其下的杂草，都按照各自的物性滋生蔓长，茂密或疏朗都是天然的姿态，让人不由得想到了在乡野的阡陌田垄间的所见。这并非是园林工人失职，而依然与承袭了历史文化传统有关，有意识地让其自然生长。历史上的祭祀大多在郊野中进行，故而有"郊祀"之说。

公园中有众多古柏树，树龄超过两百年的就有两千五百多棵，都挂着标牌，标注着各自的年份。而总的植物种类，据说超过三百种。在这里，我开始学习辨识一些草木，并有了不菲的收获，能够部分地读懂一本基础的植物分类学书籍。以树木为例，侧柏、圆柏、水杉、油松、银杏、粗榧、胡桃、枫杨……这些树种与这块土地一样古老，让我想到《诗经》里的吟诵。它们属于大自然，但是当转化为文化的符码后，也是其中最具美感的部分。

作为一名有些资历的养猫者，我的脚步总是被栖息在这片区域里的流浪猫拖住。这是一个数量庞大的群体，从品种到花色都称得上丰富。它们安心地享用着这一处皇家园林，不愁吃喝，总有游客给它们送来，更多的是住在附近的居民。它们大多都养得胖胖的，多了一种慵懒闲适，少了一份对人的提防。猫也和人一样，你会看到各样的模样和性格。

一年年过去，这些猫们已经换了多少拨。家猫可以活十几年，它们不能比，不过应该比别处无人喂食的流浪猫要好一些。时常会觉察到，某一只熟悉的猫某一天看不见了，此后就再无踪影。或许是去别处了，但也可能是死掉了。比较起来，植物界的夭亡最不引人注目。多少年来，这里的灌木、杂草连同它们的生长姿态，好像都是一个样子，没有丝毫变化，但实际上已然经历过多少次的枯荣了。

其实，人间的消息也是如此，如果不是刻意关注，很可能觉察不到那个熟悉的舞台上，已经几度幕布暗换。单位工会一年会组织几次活动，大都是来公园竞走，距离不长，时间不限，只要走到终点，就会得到一件纪念品，譬如一条运动衫，一双旅游鞋，实际上是变相的福利发放。这种活动带有娱乐性，也是不同业务部门的人之间不多的交往场合之一。记得有两三次，我意识到某一个人好久不见了，一打听，原来调到别的单位去了，或者已经退休几年了。

离开那些正在舔毛或者打盹的猫们，往西走然后再向南折，就看见公园的西门了。出门右转，紧挨着的就是北京自然博物馆。陈列在里面的那些巨大的恐龙骨架和小巧的鸟类化石，动辄以数亿、数千万年为标记单位。面对它们，无形的时间骤然具有了沉甸甸的重量，意识也在一瞬间变得既尖锐又邈远。

  不免又要胡思乱想了：按照这样的尺度，这座公园悠久的历史，也不过是时间长河中的一刹那罢了。越来越觉得，商周秦汉，这些望过去云雾缥缈的朝代，其实也并非十分遥远。就说商代，起始于纪元前一千六百年，距今三千六百年了。如果按照常见的说法，以三十年为一代，这段时间相当于人世的一百二十代。以自己如今的年龄算，也不过是六十多度的递嬗轮回。这样的数字真的会让人惊诧吗？这种念头有些荒唐，也许还可笑，但却无端地让我感到受用。

  因为史铁生的一篇《我与地坛》，地坛公园成为一处文学的胜地。但我每次读它时，脑海中却总是固执地浮现出天坛公园的画面。也许他描写的那个地方的整体格局，树木和草地，光线与气味，与这里有不少相似处。史铁生曾经设想有一位园神，与每天坐在轮椅上的他对话，开导他。我不妨也借用一下这个想象：如果此地的上方也有一位神灵的话，在它的视野里，在这片广阔的园林中或走动或歇憩的人们，该和一群群的蚂蚁差不多，倏忽来去，不留下丝毫的痕迹。

  我通常在午后造访，寻找一种放松的感觉。结束了上半天的工作，来这里随意地走上大半个小时，在树荫下的长椅上坐坐，比窝在办公室里的椅子上打盹效果更好。阳光和煦，微风轻拂，树木投下淡淡的影子。这幅景象正适合映衬当下的中年心情：哀乐难侵，波澜不惊，很少再有大悲大喜的感觉。

  如果哪一天提前到上午，我会在走出公园后，来到对面的街上，找一家饭馆解决午餐。与御膳饭庄、便宜坊烤鸭店等高档次饭店隔不多远，就是经营炸酱面、包子炒肝、卤煮火烧、白水羊头等等民间小吃的馆子，无意中构成了这座皇城的一个隐喻：金碧辉煌的紫禁城周边，就是寻常百姓的穷街陋巷。贵胄和平民，当然差别巨大，但有时也就那么一点儿的距离。实际上，每当王朝覆灭时，都会有一些皇亲国戚流落民间，隐姓埋名地生活下去。王谢堂前，乌衣巷口，这样的东晋故事，数百年后在这座城市也曾经一遍遍地上演。

世事浮沤，人生飘萍，在感知到幻灭的同时，内心深处却也品尝到了一种从容澹定。

与初次见面相隔将近四十年后，我开始频繁地走进紫竹院公园。

出小区门口，沿着昆玉河的支流双紫支渠，向东走到西三环辅路，跨过紫竹桥立交桥南边的那一架人行天桥，再向东不远，就是公园的西南门了。全程走下来一共十七八分钟。

十五年前，我就搬到了现在的住处，但这么多年中只来过寥寥几次。这两年有了充裕的时间，一个月中走进公园的次数，超过了过去十几年的总和。

这座公园，可以说是我京城生活的一个起点，一处生命梦想最初绽放的所在。四十年后，在接近退休年龄的时候，又回到了这里。首尾相衔，这让我想到了一个圆环。这里是开始，但也很可能是结束——如果没有不可预期的事情发生。而我现在看不到这种迹象。

记得当年读美国作家厄普代克的小说，对其中的一句话大感惊愕：那些二十四五岁、生命中已经没有多少可能性的人。在我当时的观念里，这个年龄生命的大幕才拉开不久，精彩还在后头呢。又过了多年，遭遇了一些坎坷蹭蹬，认识到许多乐观的期盼不过是一厢情愿时，回想起厄普代克的这句话，觉得理解了。是作家敏锐的洞察力，让他做出这样的判断。的确，年轻时固然可以描画关于未来的无穷想象，但真正能够实现的并没有多少。

阳光被树冠筛过后变得细碎，落在地面上，有轻微的晃动。新换的运动鞋透气性好，走起来轻便舒适。多少年不曾有这样酣畅的体验了——悠然，平静，没有牵挂，也无所羁绊。在卸除了职责名分等一干事务后，生活原来可以这般惬意。除了家人，不再需要别人，也不再被别人需要，更不觉得需要被别人需要。

　　荷花渡、菡萏亭、青莲岛、斑竹麓、箫声醉月、澄碧山房……我开始熟悉并记住了一个个景点的名字和位置。公园大致还是当年的样子，一些建筑和设施的增加与更新，并未影响到整体的格局。

　　但外面的世界就截然不同了。公园正门外那条中关村南大街，当年叫作白颐路，南北两端分别连接了白石桥和颐和园。路的两边有几排高大粗壮的钻天白杨，被一丛丛灌木间隔开，浓密的树荫将地面遮蔽得严严实实，颇有几分乡村道路的模样，下雨时走在下面也不会被淋湿。上个世纪末，对道路进行大规模改造，几排大树被砍伐殆尽，为一条宽阔的城市主干道提供空间。道路两边飞速矗立起连绵的楼群，彻底隔断了往昔的记忆。

　　那么，这些曾经存在过的事物，只能指望依稀留存于当事人内心了，譬如曾经一同在那个秋日踏进这座公园的同学们。和我一样，当时他们自然不会想到这样的变化，也无从预知自己生命未来的方向。那位团支书女同学，毕业几年后就出国了，现在的身份是加拿大联邦政府税务局的高级电脑专家。她每年都会回国探望父母，在京的同学们有时也就借机见面——这也几乎是如今聚会的最主要的理由。这样的场合，每次的谈话总是散漫随意，但大致都会说到当年的校园往事，具体内容取决于餐桌上的某个随机的话题或疑问。她还会想起当年在公园门口，自己向陌生的新同学们所做的介绍吗？应该不会。记忆也是有选择的，在那些浩如烟海般的往事片断中，一个人只会记住些许对自己有意义的。

天堂一定很美 | 185

我走在湖边的小路上，努力把头脑放空。说不定在某个时刻，忽然间，会有某一件往事的影子浮现在脑海里，触动它的可能是映入眼帘的一个风景画面，飘进鼻孔的一种气味，树林深处练习声乐的人的一句歌声。在那个瞬间，过去和今天叠加在一起，带来一阵轻微的晕眩。

沿着湖边走路的人们，或顺或逆，有着各自的时针方向。有一天我忽然意识到，我的目光更多是投向那些迎面走来的年龄相仿的中年同性。这与在陶然亭公园时瞩目年轻女性，在玉渊潭公园时留意别人家的孩子，大不一样。目光在进行比较，心情也随之波动。有时得意，因为感到自己要比对方显得健康年轻；有时羡慕，因为对方的体魄活力明显超出自己。这让我越来越相信一个说法：我们的情感和思想，不过是身体状况的曲折表达。

第一次遭遇至亲的死亡，也与这里有关。那个春天的傍晚，正行走在湖北岸，接到母亲带着哭声的电话，正在看电视的父亲忽然不省人事。匆匆赶回家，叫了急救车送到医院，确诊是脑溢血，马上实施手术抢救。但终因卧床时间过久得了并发症，导致多个器官衰竭，在住院五十天后，父亲离开了人世。

父母在，人生尚有来处；父母去，人生只有归途。对这句话中的沉痛悲凉的意味，我开始有了深切的体会。死亡是以最鲜明和最悖谬的面孔，显示时间的存在。于是自那以后，在公园中游憩时的感受中，又加入进去了新的成分，有了某种隐约的急迫感。仿佛一个贪吃的孩子，嘴里一边含着，一边数点兜里的糖果还剩多少块。

生老病死，成住坏空。最初，它是我们需要加以理解的事物，然后，它成为我们置身其间的日常状态，最后，我们又用自己的生命，完成一次对它们的阐释和印证，虽然并无新意，也没有人关注。

不过眼下更应该做的，还是仔细品赏一番眼前的秋色。又到了北京一年中最好的季节，尽管雾霾已经给它打了不少折扣。我从公园西南门走进来，沿着湖南岸一直向东，经过拱形的梅桥，又顺着中山岛南边伸进水中的白色石桥，走到南小湖北侧，望着湖中间那个被高大纷披的树木和灌木丛遮掩的袖珍小岛。小岛周边的水面上，长满了荷花和睡莲，风景极为清幽。

一只鸭子带着一群毛茸茸的小鸭子，看上去不足一个月，在荷叶下穿梭觅食，这里看看，那里啄啄。有一只扑棱着翅膀，竟然跳到了一片低矮的荷叶上，弄得荷叶摇晃起来。下面是睡莲的圆圆的叶子，密密麻麻地紧贴着水面，有成群的小鱼儿探出头来，喳喋有声，荡出微小的涟漪。

我盯着它们看，不觉忘记了时间。

家住百万庄

一

第一次走进这里时，我并没有想到它会有什么不同之处。

那是三十多年前，1987年的春末夏初时节。那时我在北京已经生活了将近七年，大学四年，然后是工作三年。那时候城区还没有像后来那样膨胀，住集体宿舍的我，周末经常骑着一辆自行车，在京城的大街小巷里闲逛，自认为对很多地方都很熟悉了。

这一带就更是如此。读大学那几年，多次从海淀乘坐332路公交车到动物园总站，再换成102路，经过二里沟、百万庄、甘家口商场、甘家口，在阜外西口站下车，再步行到解放军报社西边的一条胡同里，表姑家住在那里。因为经过的次数多了，虽然从来没有下过车，我对途中百万庄站马路东侧那一片叫作百万庄的地方，却无端地觉得并不陌生。

但真正走进这里，这是第一次。我是从南城虎坊桥的工作单位附近，乘坐102路来这里，走的是和以往相反的方向。车降低速度驶入百万庄站，我看见她站在站台上公交车标牌前面的位置，身着白色运动衫和深蓝色灯芯绒裤子,望着前门,表情中有几分羞涩、紧张,但又努力装得平静。不知为什么,我原本忐忑不安的心情一下子变得轻松了。我故意移到后门下车,从站台后面的自行车道上走到她的身后,本来想拍拍她的肩膀,抬起手又放下了,只是叫出她的名字。

她惊讶地转头,有一点意外,但瞬间笑容浮现。

我跟着她,返身向后走不多远,就是十字街口,然后向东沿着百万庄大街,去百万庄午区她的家里。那时街口东北处是一个公共澡堂。从门前经过时,恰好几个女孩子推开门走出来,脸庞鲜艳红润,头发湿漉漉的,一股雪花膏的浓郁气味扑面而来。

二

走进这一片区域之初,就有一种异样的感觉。这有些出乎意料。

前行不久,喧嚣的车水马龙声便隐去了,眼前是一排排的红色小楼。那时,城区内的建筑主要是七十年代以前的楼房和大量的平房,高低错杂。但这一带的楼房样式,和别处居民区看到的那种千篇一律、单调呆板的模样很不一样,都是三层高的楼房,一律红砖墙、坡屋顶,显得沉稳雍容,有一种特别的个性和美感,就像从人群中看到一位气度不凡的人物。

第一次的印象总是特别深刻。

初夏的阳光明亮灿烂,轻风摇动树冠,在地面上洒下跳荡的光影。楼房不是在别处看到的那样横平竖直地排列着,而是纵横围合,错落有致,掩映在绿树丛荫中。每个楼门都是木质门窗,阳光照射在红色的油漆上,格外鲜艳。有的楼门上方的屋檐上长了杂草,随风摇曳。

楼门两旁，往往用木棍或者栅栏围起来一个长方形的小园子，里面栽种着花草菜蔬。在楼群中穿行，仿佛处处相似，但又处处不同。记不得转过几个弯，好几次由西向东又由南向北，走到一个楼门口，她停下脚步说：到了。楼门左右有几棵槐树，正值花期，一簇簇洁白的花瓣累累垂垂，挂满了树冠。一阵微风拂过，一股带着甜丝丝味道的浓烈香气扑面而来，让我不禁有片刻的恍惚。

如同它独特的外貌，这一片被命名为百万庄住宅区的小区，的确身世不凡。它于五十年代中期建成，是当时的一机部、二机部、三机部的宿舍，可以说是第一批国家公务员宿舍。这些用数字命名的机构，也就是后来的机械部、电子部、航天部等部委的前身。这个苏式风格的建筑群，在当时堪称是京城最高档住宅区，让无数人羡慕。

当然，这些是我后来才了解的。我还知道，这个小区的设计者是著名建筑设计大师张开济，天安门观礼台、国家历史博物馆、钓鱼台国宾馆、北京天文馆等知名建筑，都是出自他的手下。作为新中国最早自主设计的居住小区，百万庄住宅区是上了教科书的样板小区，对全国的居住区规划曾经产生过深远的影响。

因此，当几年后已经在这里安家时，在一次媒体同行的集会上，一位北京出生长大的女记者得知我住在百万庄时，表情夸张地表示羡慕，说那里可不得了，那是"北京的曼哈顿"。当时，一本名叫《曼哈顿的中国女人》的书正在畅销。

三

第一次后，便是许多次，多到记不清次数。有时是乘坐公交，102

路，或者是从小区东边展览路下车的15路，有时则是骑车。小区里的宽街窄道、房前屋后，两个人走过的脚步，总该以十万为基本计数单位吧？终于在两年后，我搬进了这里，从此生命纳入一条新的轨道。

我比大多数同龄人幸运。成家后，即住到了岳父母家提供的一居室单元楼房里，而报社同事那时正在为争取到一间集体宿舍作婚房而煞费苦心。妻子当时大学毕业留校任教，百万庄离位于中关村的大学校园不远，上班方便，岳父母也舍不得女儿搬到外面住，便将他们老两口住的这间房子腾出来给我们，自己搬回去和妻子的外婆一同住，就是我第一次上门时的那个小两居，此前妻子一直住在那里。这个住处离那边不到一百米远，在午区的东边，是八十年代中期建造的那种个性模糊的房子。出了朝北的楼门，隔着一道围墙，就是部里的幼儿园。下一步的事情都不用操心了。

我感恩于这一份命运的眷顾。

九十年代的情形，如今回想起来，就像隔着一层毛玻璃，影影绰绰，又仿佛写意画的境界，细节不甚分明。有两年左右，日子单纯轻松，周末两人一同骑着自行车，去附近的玉渊潭或紫竹院公园游玩，去红塔礼堂看一场新电影，去中国美术馆参观画展。生活和心境，都更像是此前状态的延伸。

然后记忆变得丰富鲜明起来，转折点便是女儿的诞生。一连串的画面烙印在脑海里。得知消息后，母亲第二天就从河北老家乘车来京，从永定门长途汽车站下车，再换乘102路到这里。进门时，她拎着一个很重的帆布包，气喘吁吁。里面装着她自己制作的一个门帘，是将旧挂历纸按照尺寸裁剪开，卷成一个个中间粗两头细的纸卷，用胶水粘牢，再用结实的丝线串起来，当时正流行。门帘很重，我提起来都费劲，何况她还带着别的东西；在开头的两三个月里，女儿放在姥姥家，因为早产，让她自然熟睡是一件困难的事情，常常要一边抱着她来回走动,一边哼着歌谣,才能催眠。看着她睡熟了,才敢小心翼翼地放到床上,但常常刚放下就又惊醒,哭闹起来。那段时间,西昌卫星发射中心有一颗商业卫星未能发射成功,电视直播了现场画面,我们就把这种情况戏称为"发射失败"。

那时,妻子姐姐的男孩也才几岁,每次来时,都像看玩具一样地盯着婴儿看,做鬼脸和怪动作。家里电话一响,他总是抢着去接,奶声奶气地问"您找谁"?有几次我给家里打电话是他接的,告诉他"找你毛毛姨",他还不会人称转换,"找你毛毛姨啊,您等着啊"!几年前他也已为人父,对待宝贝女儿的耐心和细致,比当年的我可要强上多少倍。

还有姨姥姥,妻子的姨妈。那时她已经退休,数年中多次从新疆来京,因为儿子从北京一所大学毕业后留京工作。每次来都会住上一段时间,陪伴九十多岁的老妈妈,也帮着照料女儿。当年因为家境贫寒,她出生不久就被送给别人抚养,那家人待她很好,几个哥哥像对待亲妹妹一样呵护她。她五十年代中学毕业后,响应支边号召从湖南老家去了新疆,后来找的丈夫也是湖南人。家里有一张褪色的照片,年轻的她健康秀丽,笑容欢快,穿着洗得发白的列宁装,一条粗壮的大辫子搭在肩膀上。

几年过去,女儿上了家门口的幼儿园。每天早上我们送进去,下午岳父岳母接回自己家,我们下班回来后再过去接,通常都是吃过晚饭才回自己家。岳母做得一手好菜,人又热心,老家湖南江西一带不断有拐弯抹角的亲戚来,带着腊肉和腊鱼,以及有一股烟熏火燎味道的茶叶。

这样一些事件和场景,构成了我对那段时间的个人记忆:电视剧《渴望》热播,人们见面都会谈论它;街上到处跑着黄色的"面的",十块钱起价;好像每个人都有BP机,蛐蛐般的叫声此起彼伏,公用电话前经常排队；装一部电话机要五千元，为了能尽早安装，托关系给电话局打招呼，还请上门的工人吃了顿饭；大街小巷里都有货摊，南边的百万庄大街上，农贸市场占去了半条街；很少下饭馆，都是在家里招待亲戚朋友，炒一大桌菜；农产品十分便宜，蔬菜水果一买一大堆。

四

我还记得一些邻居们。

这里是国务院八个部委的宿舍，因此居民主体是机关干部和知识分子，老一辈的人说的是各地的口音。对门的郝伯伯刘阿姨，都是一口浓重的山西话。外孙女跟着老两口住，一个胖乎乎的小丫头，喜欢坐在门槛上吃冰棍。女婿公派到英国读博士后，女儿跟过去陪读，后来开了一家中国餐馆。外孙女小学毕业后去了父母身边，前些年听说已经从剑桥大学毕业了；楼下对门那家，女主人是旁边幼儿园的老师，独生女，毕业于北京外国语学院，模样有几分像当时走红的歌星程琳，后来全家移民去了澳大利亚。隔着马路，对面就是巳区了，正对着的单元里，有一家的老奶奶和外婆年岁仿佛，妻子姐妹几个都称她柳婆婆，前些年手脚还利落的时候，时常过来，纳着鞋底，用山东家乡话和外婆唠家常。

还有一些记忆是属于在这里长大的妻子的，是她的童年印象。她家住的楼房东边的单元，门口是朝东开的。当年机械部的一位局长，把一儿一女托给一位保姆照看，就住在这个单元里，夫妻两人经常走路过来看望。两个孩子当时也都是妻子的小伙伴，一同玩过家家游戏。几十年后，这位局长担任了正国级的大领导。

这栋楼的北面，面对幼儿园，是一栋东西朝向的筒子楼。著名女作家张洁曾住在这栋楼里，带着母亲和女儿。两栋楼之间的空地上，几棵大树下面，是孩子们的乐园。那时没有电视，作业负担不重，孩子们玩疯了不肯回家，家长也很少管，但张洁的母亲到时候就会来催：书包，该回家了！书包是张洁女儿的乳名。小伙伴们都知道，书包回家后姥姥就会教她读书。书包后来去了美国，嫁给了美国人，生了一对儿女。而张洁也在多年前移居美国，住在纽约曼哈顿中央公园旁的一处公寓里，我的一位年轻同事几年前曾经去看望过她。听他说，张洁女儿住在新泽西，每周都去看望母亲。如今已经年逾八旬的张洁，是否会经常回忆起她曾经住了多年的这个地方？我还曾经到更南边的辰区，向《林海雪原》的作者曲波约稿，老人站在楼门口旁等我，黄昏时分的光线照在一个被多种疾病折磨得衰弱疲惫的老人身上，看不到当年小说中英姿勃发的少剑波的影子。

人生何处不相逢。妻子工作的单位数年前与中央芭蕾舞团有过合作，觉得对方的联系人似曾相识，聊天时得知，原来她小时候就住在子区，读的也是展览路第一小学，是学校宣传队的，四年级就考进了中芭，曾经跳过《红色娘子军》中的吴清华；我带孩子在楼前的空场上玩耍，看到一个带着女儿的年轻妈妈，感觉有几分面熟，几天后聊天时得知她在某部委的法律部门工作，再一打听，果然是同一所大学法律系的校友，正是当年经常在男生宿舍楼门口走过的那个人，那个年龄段里我没有理由地留意过的众多异性中的一位。

照看女儿的小保姆小傅，一个质朴善良的农家女孩。十七八岁，个子矮矮的，四川巫山人，初中毕业就出来打工了。她照料孩子十分上心，小小年级就显露了强烈的母性。有一次她从外面回来，气呼呼的，原来是别人家的小阿姨说女儿长得黑。每周她休息一天，回来时常常抱怨我们给孩子喂饭次数不够，或者脸没有洗干净。女儿生日那天，她跑出去用自己的钱买了生日蛋糕。女儿上了幼儿园，她去了别的人家。几年后，一次去紫竹院公园秋游，又看到了她，在给一对年轻夫妇带孩子，自己也要当母亲了，挺着个大肚子。她嫁给在一个在北京建筑队上的四川老乡。她已经不像几年前那样活泼欢快了，眉眼间有一种淡淡的沉默和忧虑。

这一片住宅区中，还有一种生活，却更多是让人们想象猜测的，虽然近在咫尺。

百万庄住宅区的申区，位于中心区域的北面不远处。与其他几个区不同，这里是一个个相连的小院，都是两层楼房，住着级别很高的领导。因同名小说被改编成电视剧《亮剑》而成名的作家都梁，还写过一部长篇小说《血色浪漫》，描述了一群部队高干子弟在文革期间残酷而茫然的青春经历。小说里，在与当时为人熟知的"部队大院"的对比中，有这样一段对作为"地方子弟"代表的百万庄申区的描写：

"在非'老兵'类顽主的眼里，百万庄地区无异于敌占区，特别是在百万庄的诸多区块中，申区简直是百万庄的灵魂。这是一片二层小楼的高级住宅区，里面的住户级别最低的也是副部级干部。他们的子女，都是'老兵'中最有影响的人物，也就是说，谁要是得罪了他们之中的一个，后果将是相当严重的，他们有能力在很短的时间内召集数百人进行报复。"

这当然是那个年代的故事了，今天，它只是一片十分安静的住宅，有着隐约的神秘威严，而这种感觉主要来源于第一排房屋前站岗的武警。那些年间，我多次散步走过申区，曾经遇到过两位后来成为共和国总理的人：一个是在申区最南边一排前的马路上，刚从车上走下来，脚步正迈上自己家院子的台阶；一个是在申区北面车公庄大街的人行道上，正带着女儿散步，迎面走过来。

五

真正弄清楚整个住宅区的分布情况，以及相互之间的关系，还是在住了几年后。

那时，百万庄中里一带的平房区拆除，在原址上盖楼，我们便把原来的房子调换了一下，从午区东边向西移动了大约七八百米，搬进了中里新建的房子。楼下自行车棚的东边，一墙之隔，就是展览路第一小学，妻子小时候的学校。又过了两年，女儿也进了这所小学，从楼门走到学校大门只需要五分钟。从房间北面的窗口探出头去，能够望见孩子们列队做早操，校服鲜艳，节奏齐整，口号响亮。

中里是整个百万庄住宅区的中心。

五十年代，一切都向向苏联老大哥看齐，包括建筑。张开济在设计这片住宅时，也参考了当时苏联建筑学界流行的被称为"扩大街坊"的思路。但实际上，在意识形态高度对立的美国，同一时期，由社会学家佩里提出的"邻里单位"规划理念也正在盛行，即在不被汽车干道穿越的街区单元之内，通过合适的步行距离，组织起人们日常生活的各种需求，既安全又方便。这两种理论其实是异曲同工，都追求更加完整地满足家庭生活的基本需要，重新找回随着城市增大、交通快速化而消失的亲近感和归属感。这些，在百万庄住宅区的设计中得到了充分的体现。

整个住宅区按照传统文化中的天干地支纪年历法，用十二地支的前九支命名，被划分为"子、丑、寅、卯、辰、巳、午、未、申"九大区域。这些颇有些洋气的房子，命名却又是地道中国式的。以中里为中心,北边是申区,东西方向则对称地分布着其他八个小区,布局上借鉴了古代八卦阵的样式。西边,从北向南依次是子区、丑区、寅区、卯区,东边,从南到北则分别为辰区、巳区、午区和未区。整体上看,是用一种逆时针的方式排序。八个小区,按照今天的说法就是八个组团,分别是前面说到的不同部委的宿舍。为了适应北京的气候特点,每个小区的建筑都被设计成回纹环绕形状,以增加南北向的建筑,减少东西向的房屋。小区外形方正,内部宽敞,每一栋楼中的每个单元的楼门,入口都是朝着外侧的公共道路,而内侧则是相对安静私密的院落,每家住户均有两个朝向的房间,分别可以看到外侧公共领域以及在内部庭院里玩耍的孩子。每两个东西对应的小区,楼房和庭院的布局都一样,体现了鲜明的秩序感。

根据规划理念,每个住宅区,都要配备商场、粮店、理发店、幼儿园、学校、卫生所等设施。住区的核心地带是一片空地,种树植草,作为居民的公共活动空间,这也符合新社会以人民为中心的理念。妻子说过,小时候外婆烙馅饼,和好了面剁好了菜馅,才给她几毛钱去买肉馅,出门走上几分钟,就到了合作社的副食店。

我新搬入的这一组几座楼所在的地方,按照五十年代的设计,正是社区中心绿地。其后许多年中,随着单位不断扩大,便在这里建了一些平房,给司机、厨师等后勤服务人员居住,慢慢因为私搭乱建,变得杂乱无章,八十年代到九十年代,陆续拆除平房,在原址上盖了几栋楼。楼房是最普通的样式,显然和周边原有建筑不协调,但当时没有人认为这是个问题。

我还进一步了解了它更早的历史。

这一带早先为北京城的西郊荒地,是城里人埋葬逝者的地方,散布着很多坟茔,俗称"百万坟"。一直到新中国建立之初,周边也还是人迹稀少,只有建设部的大楼,孤零零地矗立在一片荒野之上。五十年代的北京城，范围主要还是在老城墙之内，最近的阜成门离此处也有两三公里。建造住宅区施工时，挖出不少无主尸骨，登报请人认领，没有人认领的，听说后来统一拉到更远的地方埋葬了。稍后到了大跃进时，还曾挖出过两座辽代的古墓。这就让人感到生命的渺小和飘忽。在漫长的岁月中，这一片土地上发生过什么样的故事，又收纳和封藏起了哪些秘密？我及时地让想象止步，它们总是会让人望见虚无的广阔深渊。

只需要知道这一点就行了：在长久的荒凉死寂之地，新的生活热闹蓬勃地开展起来了。

六

住在这里，隐约有一种都市里的村庄的感觉。

这是一幅近景：自中里楼房四层的房间朝下面望，在这座楼和对面楼房之间，是一个茂盛葳蕤的花园，被齐胸高的铁栏杆围成一个完整规则的长方形。花园里有二三十棵大树，有更多的灌木丛，它们之间的空隙则被野草完全覆盖。那种葱茏恣肆的野趣，不像是位于城市楼群之间。有一株高大的桑树，树干粗壮，树冠像一把巨伞，遮住了一大片空间。夏季，树上挂满了紫黑色的桑葚，还有不少掉到地上，引来众多鸟儿啄食，腾跃鸣啭。我猜想它该是栽种于五十年代小区初建之时，因为最早这一片正是中心绿地。

走下楼去，我在小区里大小宽窄不一的各条道路上行走。这个过程长达十年之久。东边的展览路大街，西边的甘家口大街，南边的百万庄大街，北边的车公庄大街，将小区整个围了起来，而每一条街脚步都可以轻松到达。我从一个个组团之间的道路和庭院中穿行，得以完整地掌握了它的样貌，也深切地感受了它的氛围。

那些年，小区的几条主要街道上没有多少汽车，显得很宽敞。街道旁有不少枝干粗壮的大树，远远高出三层的屋顶。我能认出的就有杨树、柳树、槭树、梧桐树等。有风的日子，白杨树叶会哗啦啦作响。到了五六月份，槐树会将浓郁的槐花香气向四处播撒，而被叫作"吊死鬼"的小虫子也会在半空中晃晃悠悠地飘浮，如果落在一个女孩子的头上，就会发出一阵尖叫。

每一组团中围拢着的楼房之间，有一种宽敞疏朗的风致。每个单元的一楼门口两旁，通常都各有一个小小的花园，用松柏矮墙围起来，种植着各色花草。窗台上往往也放着一排小小的花盆，有文竹、鸡冠花和俗称"死不了"的太阳花等等。有的地方种了爬山虎，密密的藤蔓一直爬到三楼的窗子顶端。妻子上小学时有学农课，学习如何养蚕，同学们就向住在斜对过单元一楼的爷爷要桑叶，他家小花园里有一棵桑树，每个孩子都得到了几片。

在这个地方也更容易感受色彩的盛宴。绿树、红墙和蓝天，构成了它的日常色调，而秋天到处飘坠的黄叶，又添加了一抹酣畅浓艳。当冬天来临时，一场大雪会让这里具有一种异域的情调。曾经从网上读到过一位百万庄老住户的文章，当年她谈恋爱时，第一次把男友带到家里那天，正赶上下大雪，白雪红墙就像一幅画，给男友留下了深刻的印象，多年后还提起来过。

记忆中，那些年的雨水比今天要多很多，特别是经常在夜里降下。楼下花园里的树木，被灯光照射得绿幽幽一片，泛着隐约的光亮，来自枝叶上的雨水。邻近光源的地方，绿色显得鲜嫩而透明。将窗子打开一条缝，伴随着淅沥的雨声，会有凉爽清新并略带腥味的空气悄然涌进来。这样的夜晚，总是让我感觉到身体里的活力，生发出对未来的憧憬，想象一些缥缈而美好的事情。

七

回想起来，那些年也是我的阅读时光。那种沉湎的程度，此前不曾达到，此后也不复能够重现。

如果一个人天性不喜欢热闹和交际，不认为觥筹交错是什么荣耀的事情，那么，还有什么能够像读书那样给他带来丰沛的快乐呢？更巧的是，那几年我的工作就是编一份与读书有关的杂志，这样阅读就理所当然地成为了生活的一部分。

读书和买书，总是既如影随形又彼此怂恿。周边就有两个常去的书店。南边的百万庄大街上，国家外文局西边，有一家名为地球村的书店，是这家单位开办的，名字倒是十分契合它的工作性质。北边，车公庄大街对面，中国建筑设计研究院旁边，有一家席殊书屋，造型很是独特，没有书架，书摆放在一个个带轮子可以转动的小车上，寓意"学富五车"。设计者是张开济的儿子张永和，也是一位著名的建筑学家。那时正是实体书店最辉煌的时期，席殊书屋在北京就有多家。好几年中，我来这里的次数最多，购书也多，占到了家中藏书的相当部分。此外，甘家口大厦北边路边的一排新旧书摊，也是我时常盘桓的地方。

那些年里我读了数量可观的书，就像一个没有明确的目标的游客，自由散漫，东张西望。除了因为工作考虑，对当时一些重要的或者走红的书需要留意之外，大多数的阅读是即兴随意的，从个人嗜好和关注出发的。这些书分属不同的类别，彼此之间也并无联系，但在不知不觉中，在经历了时光的发酵后，它们依据某种内在的逻辑线索勾连起来，一部书通向另一部书，构建生成了一个精神的有机体，影响着我对世界和生活的认识。

这件事情最突出的作用，我想还是进一步培育了我的文学感受和梦想。文学作品的阅读占了最大的比重，它们以潜移默化的方式，让我获得一种独特的眼光，来看待发生在周边的生活，并与某些书中的内容加以对比。在平静处看出某种波澜，在光亮里发现浅淡的阴影，在庸常中品味到一缕诗意，这样的感受带来的是一种深长的愉悦。我逐渐意识到，每一种感受或者领悟，总是能够获得印证。既然"日光底下无新事"，既然哲人说过"世界是一部大书"，那么世间的诸般形相，都可以在书里的某一页、某一行，甚至某一个标点符号中，找到记录或者暗示。

譬如，住在这栋楼最西头单元里的一位年轻母亲，每天早晨领着一个女孩，匆匆走过我住的单元楼门口，送到东边的幼儿园，大约两年中都是如此。在旁边商店里偶尔遇到几次，或者是她单独一人，或者带着女儿，不曾看到过第三个人。女儿长得很好看，母亲也是眉目端庄身材窈窕，但脸上从来没有笑容，这就让人觉得反常。曾经有什么故事发生在她的生命中？是关于轻信和失望，还是由于背叛，甚至某种意外的灾祸？我曾经玄想不已。这样的反应自然是个人化的，纤弱的，无足轻重的，有充分的理由被人嘲笑。后来某次外出培训，半个月后回来，就再也没有看到过母女，想来是搬走了。

有一次，到百万庄大街南边不远处一位朋友家聚会，认识了一位同龄人，在某政府部门工作，饭桌上他口才滔滔，为自己勾画种种仕途前景和实现途径，其雄心壮志令我自惭形秽。他的口音和经历，也让我联想到巴尔扎克笔下那个名叫拉斯蒂涅的外省青年。他供职的单位，工作内容与我所在报社的报道范围有一些交集。后来他数次主动电话联系我，要来家里坐坐，也来过一次，但估计是在聊天中意识到了我的迂腐无助于他实现远大目标，此后再无联系。这种消失，显然是他主动的选择。

更有一些感受缺乏具体的附着物。在周边的建筑和风景变得无比熟悉后，有一天我意识到，我行走时有时会张望那一个个狭窄的窗口，想象其中的人物和故事。某个房间里传出的钢琴声，随着某一扇玻璃窗推开而瞬间闪现出的一张俏丽面孔，会让我多年前经常体验的某种情绪，得到片刻的复苏。而从我四楼窗口的眺望，则更多具有主动的意味。探头出去，能够看到东边午区、巳区的一部分屋顶，连绵错落。目光掠过这些屋顶向前方伸延，直到被远处的高楼阻断。

在搬离这里几年后，我读到葡萄牙作家费尔南多·佩索阿的作品，有一种深切的会心之感。我意识到，其实那段时间，我是最接近于他所描写的那种内心状态的。这样一些句子让我沉醉，目光久久不肯挪移开来——

> 我们中的每一个人都是若干人，是很多人，是丰富的自我，比我们自己每一个人的无限增殖更为丰富。
>
> 一个人为了摆脱单调，必须使存在单调化。一个人必须使每一天都如此平常不觉，那么在最微小的事故中，才有欢娱可供探测。……我一直被这种单调估护。一样的日子乏味雷同，我不可区分的今天和昨天，使我得以开心地享乐于迷人的时间飞逝，还有眼前人世间任意的流变，还有大街下面什么地方源源送来的笑浪，夜间办公室关闭时巨大的自由感，我余生岁月的无穷无尽。
>
> 我们周围的一切，成为了我们的一部分，成为渗透我们血肉和生命的一切经验，就像巨大蜘蛛之神布下的网，在我们轻摇于风中的地方，轻轻地缚住我们，用柔弱的陷阱诱捕我们，以便我

们慢慢地死去。一切就是我们,而我们就是一切。
…………

它们不正是我能够意识到,但没有能力分析清楚尤其是无法清晰表达出来的东西吗?当时那些颇为飘忽的感受和意念,实际上有着自己的指向——试图窥测和捕捉生活的某种本质,那种平静掩盖下的悸动,狭小连接着的广阔,单纯后的复杂,清晰中的混沌,具象里的抽象……我陷溺于自己的思绪和梦幻中,时而慵倦烦闷,时而欢悦振奋。

八

生老病死,人生这一场戏剧中的不同章节,在这里也像在任何别的地方一样,轮番地上演。房屋本质上是一种生活的容器,彼此之间尽管有着外在形态上的差异,但其中展开的内容,却没有明显不同。"在这黑暗的或者光亮的洞穴里,生命在延长,生命在梦想,生命在受苦。"在《巴黎的忧郁》中,波德莱尔从阁楼上眺望高低远近的一个个窗口,写下了这样的句子。

平淡庸常的生活中,最能掀起一些波澜的,无过于死亡了。与这里安宁静谧的环境相称,发生在小区里的死亡也是悄无声息的。譬如某一天你忽然意识到,那个经常遇到的坐在轮椅上被人推着行走的老人已经好久不见了——这是生命消失的惯常方式。家人的悲伤哭泣,也总是在关闭着的房间内,好像死亡是一件私密的、羞于告人的事情。

一天深夜,岳父母被急促的敲门声惊醒,开门一看是对门阿姨,神色惊慌。伯伯起来上厕所,心脏病发作倒地,昏迷不醒。赶紧拨打

120，不得要领地忙乱一番，一直到望着急救车闪烁着蓝色顶灯疾驰而去。黎明时分传来了消息，伯伯未能抢救过来。不久后，阿姨从小带大的外孙女去远在英国的父母身边读书，她也搬到了百万庄中里我的住处南边的那一栋楼房，单独一人住，儿子每周来一次。我和妻子去看望过她，房间在一层，南窗外有个小小花园，树木藤蔓遮挡了光线，屋子里有些昏暗。她参加了社区的老年国画班，画了不少花鸟鱼虫，散乱地堆放在餐桌上。暮年岁月在缓缓流逝，就像日光在房间里慢慢移动。

几年后，姥姥以九十六岁高龄去世。在那之前很长一段时间，衰弱以极其缓慢的步伐悄悄地逼近，直到有一天她无法下床。意识到她的日子不多了，家里人便时常坐在床头陪伴。头一天，姥姥招手把她带大的三姐妹叫到床边，挨个摸着每个人的手，说我喜欢你们。第二天，也是同样的时间，三姐妹正围坐在她身边聊天，忽然意识到什么，转眼看时，老人已经永远地睡过去了，神情平和安详。

但最难忘记的，是一次非正常的死亡。

岳父母家住的房子的北面，是一座锅炉房，为周边多栋楼房供暖，每到冬天，煤块便堆积成山。煤堆旁边的一间平房里住了四人，父亲和儿子一家三口。一天早晨，儿子精神病发作，抡起木棍打死了父亲。

这一幕惨剧发生后，我才第一次试图了解他们的身世经历。这一家是老北京人，儿子下乡插队时精神受了刺激，病退返城，自然也找不到工作，家里在河北唐山农村给他找了个媳妇。女人身材高瘦，枯黄色的脸上长年挂着悲苦的表情，时常自言自语。男孩子十分白净，眼光总是怯生生的。虽然他们就住在二三十米之外，经常在楼前路上遇到，但不曾有过任何的交集。他们所过的是一种在我日常经验之外的生活，我想到了陀思妥耶夫斯基的许多作品。

我们离开百万庄几年后，岳父一家也搬到郊区，此后也就很少再来。但十年生活的经历执拗地存在于记忆中，时常会像阳光下的玻璃碎片一样地闪亮。有关这个地方的各种消息，也总是更能够让我留意。

妻子是家里的老小，上面有两个姐姐。三姐妹都有自己幼儿园、小学和中学的同学和伙伴，因此涉及到许多人。如今大多数人都已经退休，有了时间，联络也开始多起来，时常相聚，还建了微信群，主题便是怀旧，追忆这个大家共同出生和成长的地方。家人聚会时，听三姐妹说起各自的发小辈的命运遭际，仿佛看到了一出出浓缩了的人生悲喜剧——

某某终身未婚，如今也快七十了，一直与已过百岁的老母亲相依为伴。某某当年另寻新欢，现在身患重病孤身一人，儿女不怎么理他，十分凄凉。某某当上了副部级的领导。某某全家多年前就移民了。某某因经济犯罪关了几年，不久前刚出狱。某某最忧虑患重度自闭症的儿子，自己过世后他怎么办。还有某某死于疾病，某某车祸去世，某某得了抑郁症，深夜在卫生间自缢了。

"从一粒沙看世界，从一朵花看天堂，把永恒纳进一个时辰，把无限握在自己手心。"威廉·布莱克这首名诗，早晚总有一天会让你产生共鸣。生活的普遍性本质，都可以通过有限的现象获得体现，就仿佛一个小小的器官切片中，有着身体状况的丰富信息。

时光的不断伸延，让我关于这个地方的记忆，重重叠叠地增加，今天与昨天的穿插闪回，更使它们变得纷乱驳杂。

一些人不再需要回忆，他们也成为亲人记忆的一部分。三年前，岳父因病去世。他们五十年代初从武汉调到北京，推辞了单位分给的三居室，在两间房子里一住就是半个世纪。他最后的归宿是昌平南口的一处陵园，那个三人墓穴里，姥姥已经提前几年住进。他一生对岳母至爱至孝，一如伺奉亲生母亲。

不久前，女儿的姨姥姥也在广州辞世。她的儿子、妻子的表弟后

天堂一定很美 | 205

来去广州创业和置业，数年后，她也最终卖掉了回龙观的房子，搬去南方照看孙女。儿子给她买的墓地，在郊区的一座山坡上。记得很多年前，有一次她抱怨母亲，小时候不该把她送人，脾气倔强的姥姥气呼呼地反驳：不送人你早就活不成了！那个时代生活的艰难贫穷难以想象。她退休后来京居住的几年，终于有时间与母亲厮守了。但如今，母女两人却又是关山阻隔迢遥相望，如同生前的大部分时光。

我望着一张多年前的大合影。岳母的一个粤北韶关的表亲，全家来京旅游，岳父母招待了他们，并将在京的几个远近亲戚叫到家里聚会。照片上将近二十人挤在一起。姥姥当时还很壮实，岳父母更是神采奕奕。我头发乱蓬蓬的，女儿还没有出生。如今，这个合影中已经有多人辞别人世，几个抱在怀里的孩童也都已经为人父母了。

每个人的离去，都带走了一部分有关的记忆。早晚有一天，所有这些记忆，终将无所附着。

一切都在消亡，一切都是丧失，不曾改变的只有变化本身。但有一个地方作为固定的背景，这种意味就更容易得到凸显和认知。因此，物是人非便成为人们经常的感慨。

九

物是人非——这当然只是个比喻。实际上，物并非一成不变，它同样也在演化、衰老，一步步走向自己的暮年。

人的衰老体现为一系列生理指标：血脂黏稠、钙质流失、感觉迟钝、步履蹒跚等等。建筑物也有自己的生命体征。各种老化了的管线，是不是很像淤塞了的血管？因渗漏而发霉的墙体，是不是仿佛脸上晦暗的老年斑?

我在百万庄住了十年,离开它至今又已经过了二十年。记得住在那里的后几年中,就已经在传说小区的房子老旧了,即将拆掉重建。的确,即使在二十多年前,也已经能够明显地看出它的老态。

在上个世纪五十年代,作为国家重点建设项目、"首都第一住宅区",百万庄小区有着令人艳羡的充足理由。除了少量三居室,大部分都是六十平方米的两居,有独立的厨房和厕所,这在当时的住宅中还很罕见。房间里不仅都是统一装修好的,并且配好了家具、厨具、电灯和窗帘,可谓是拎包入主。建筑材料也十分讲究,用的是烧制良好的上等红砖,门窗木料都是东北的红杉木,经过高温处理,不变形不生虫。门把手、合页、水管、龙头、淋浴喷头以及马桶上的金属部件,都是苏联铸造的黄铜。甚至细节也十分讲究,譬如深红色的木楼门和楼梯间的外窗,采用同色系的中国传统回字形装饰,而白色的楼门挑梁、阳台栏板和楼梯间隔墙,则采用同色云纹装饰。

这样的比喻想来不会有人反对:当年的百万庄就仿佛一位风姿绰约的新嫁娘,容光焕发,楚楚动人。

当时虽然设计超前,但随着时光推移,一些当年不曾想到的不足之处也显现了:室内没有客厅,室外也没有规划停车的地方。另外就是岁月造成的磨蚀,市政设施老化,电线老旧,屋顶漏水,木质檐口掉皮。外来人口的租住及私搭乱建,迅速增多的私家车,侵占了原来的绿地和庭院。因为室内狭窄,一些旧家具随意堆放在室外。就连当年栽种的杨树,尽管长得比楼还高,有的也因树干中空而摇摇欲倒。因为二十多年来一直传说要拆迁,公共设施只是很被动地维护,住户也是将就着住,不敢装修更新,舒适程度、生活质量都受到了明显的影响。曾经风华绝代的丽人,已经步入迟暮之年,粗服乱头,邋遢不堪。今天如果一个外人走进这里,他的目光中恐怕更多的是一种同情怜悯。

由于在中国建筑史和规划史上具有重要影响力，百万庄小区自诞生之日起，就成为了建筑规划学界的研究对象，曾经作为经典案例，被收录进高等学校教材《城市规划原理》，并被若干建筑学方面的著作收录。在接下来的几十年中，百万庄社区居民换了几茬，城市环境也发生了巨变，累积了丰富的社区记忆、历史遗存和建筑多样性，形成一种独特的社区生态。它让人想到一种经历丰富的人生。

　　这种浓重的历史感，是它的光荣，也是它的负担。在实用和美学之间，应该如何取舍？而且，在随处可见的破败芜杂的后面，它的美是否仍然完整自足？

　　对于后一点倒没有太多的分歧。整个小区的整体格局尚属完好，地基依然坚固，已经发生的变化，也都被限制在张开济当年设计的区块网格之中。这种规划结构，预设了对于变化的极大的容忍度，也因而具有更强的生命力，耐住了岁月的消磨。后来的种种局部的变动，并没有影响整体的骨架。那种从容悠闲、波澜不惊的气度，仍然能够鲜明地感觉出来。在光怪陆离纷纭嘈杂的都市喧嚣中，在面貌雷同难分彼此的楼宇群落里，这种气质越来越成为空谷足音。

　　这些难以替代的品质，凸显出小区的重要和独特，也为在原地进行保护性改建提供了充分的理由和可能性。

　　我从报刊网络上了解到，一个由清华大学建筑学院毕业的青年建筑师为主体的专业团队，从几年前就开始关注小区的前景。这些年轻人大多是八零后，敏锐地认识到了它的文化价值和诗意蕴涵，希望能够将小区的"九区八卦阵"布局完整地保留下来，在不损伤其肌理的前提下，对各项设施进行升级更新，使之能够满足现代生活的需求，并且拿出了详细完备的改造方案。其实不仅仅是他们和许多中老年一代建筑学家在努力，小区住户、文化学者、城市管理者等许多不同身份和行业的人，多少年来，也都在关注这个地方，形成了很多共识。

而一年多前发布的一条消息，更是让人感到鼓舞：它被列入由中国文物学会、中国建筑学会确定的第二批20世纪中国建筑遗产项目名录。

当然，所有这些信息，也只是允诺着某种可能性。它未来的命运如何，现在还不明朗。它将被彻底拆除，在旧址上建造全新的建筑，还是得以存续下去，见证传统风致与新时代脉动的交汇融合？

我当然希望是后者。将那些赘肉割掉，那些黑斑祛除，让松弛的肌肤绷紧，伛偻的躯体挺直。就像在童话中，落叶飞回树上，老媪变作少女，目光明亮，秀发飘洒，步态轻盈。

十

不久前的一天，并没有特别的理由，我忽然想到回百万庄看看。

西三环外我现在住的地方，上个世纪七十年代末还是农村，妻子上中学时，曾经走很长时间的路来这里学农。我离开家门，步行近二十分钟，进入地铁6号线花园桥站乘车，在车公庄西站下车。两地之间的空间距离只有两站，但从搬离这里算起，时间上的跨度却是整整二十年。

出了地铁口，向东不远就是展览路大街，南行百米，就向右拐上了一条小路。当年住百万庄时，骑车或者坐公交车上下班，这是每天必经之路，离开后，这一带每年也总会来若干次，但都是开车走百万庄大街，很少再走这条路，最近的一次大概也是三年前了。小路前方不远，一个直角拐弯处，右边就是我最早住过的那一栋楼房，左边本来是一个由防空洞改建的收费低廉的地下小旅馆的入口，如今却是铁门密封紧闭。当年时常有旅客半夜投宿，敲门和大声喊叫的声音能把人吵醒。继续前行，小路左边那一道低矮的围墙里面，是一所小学校园，当年是几排火柴盒一样排列的平房，如今却是一幢体量巨大的十几层高楼了。

我拐进宿舍楼的前面。原先一墙之隔的幼儿园被拆除了，盖成了堂皇气派的部长楼，门口有门卫。听说当年曾经围绕是否拆除有过不小的争论，但最终还是没能留住。论起百万庄小区保存最好的公共建筑，应当首推这所幼儿园，没有居民区里的种种私搭乱建，完整地保持了五十年代建造时的格局，空间疏朗，设备完好，大树、灌木丛和草地高低错落，井然有序。记得滑梯旁边，挂着一张用粗大的绳子编织成的大网，孩子们可以攀着绳结爬上去玩耍，女儿刚进幼儿园时，有一次大着胆子爬上去了，却再也不敢下来，岳父去接她，只好找个凳子站上去把她抱了下来。

场景清晰如在眼前，但分明是二十多年前的时期了。有一首歌曲怅惘地唱道：时间都去哪儿了？

小路走到尽头，接续上一条名为百万庄北街的道路，便进入百万庄午区了。岳父母当年住的地方，也是我第一次来时进入的房子，就在十几米外，街的北边。从初次登门的胆怯忐忑，到成为家庭一分子后的坦然平静，再到今天与家庭几代成员之间血缘般牢固亲密的情感，这个过程也该是一部微型的情感发展史，无关宏旨，微渺无比，却关涉到具体生命存在的感受和意义。

这条百万庄北街，将巳区和午区南北分隔开来。两侧都停满了车，将原先颇为宽敞的道路挤成狭窄的一条，映衬得房屋也好像比当年低矮了。我在南北两边的庭院中无目的地穿行，视野里的景观和当年没有明显不同，只是更为破旧。在好几处都看到服装上有电力公司标志的工人，好像是在更换电线线路，是又有临时险情需要解决，还是为即将到来的夏季用电负荷高峰做准备？

街的尽头就是展览路第一小学，妻子和女儿共同的母校。从校门向北，走过一段弧形的弯路，就是申区的范围了，平行的几排两层房屋，很像今天的联体别墅。这里明显比别处要整齐幽静。当年我散步时，经常从它们之间穿行，如今这里却被铁栏杆整体围了起来，只在西边的街道上，留了一个开口。

我走到了中里的楼房下，我在这里时后几年的住处。楼前花园的铁围栏已经除掉，毫无遮挡，可以随意进入，但花园里的树木却稀疏杂乱，不复是当年蓬勃茂盛的模样。最令我惊讶的，是我原来居住的四楼房间朝北的窗户外面，垫在防护窗底部的几根铁栏上的，依然是原来的那几片瓷砖——一点没错，我记得它那粉红得有些特别的颜色。

从这里向东边走，当年的自行车棚还在。几十米后，眼前又是展览路一小门口南边的一段弧形道路，与刚才通向申区的那段路相对称。是下午快要放学的时间，路边聚集了不少等着接孩子的家长。二十年前我也经常站在这里，那一页早已翻过。我沿着南北方向的百万庄中街，一直走到百万庄大街上，街口的东北角，还是那个头发卷曲、长相有几分像西北少数民族的安徽籍师傅，修鞋、修拉锁、换锁芯、配门卡等等，一把遮阳伞下便是他的工作空间。多少年过去，当年的小伙子也成了中年人。对面的顺天府超市，记得是搬走之前不久开张的，也是地下防空洞改建而成，为周边居民提供日常生活的基本需求。

沿着百万庄大街，向西，朝甘家口方向走去。因为是主街，便显得宽敞整洁了许多。这里是卯区，西斜的阳光泼洒在人行道灰色的方砖地面上。一位老人扶着助步车迎面走来，步履蹒跚，旁边跟着一个中年保姆。一只白猫飞快地跑过去，消失在一丛冬青后面。头顶上方吱呀的一声，循着声音的方向扭头望去，二楼的一扇窗户刚被推开，玻璃上一片阳光倏地闪亮。一个老妇人探头向下面看，满头白发，年龄和外婆当年仿佛。

再向前，就是热闹的甘家口大街了。十字路口，绿灯亮了，两边的人群匆匆相向而行。两辆送快递的小车眼看着就要相撞，戛然停住，发出嘶哑的刹车声音，但没有人多看一眼。

春末夏初，阳光明亮，树叶绿得闪光，清风拂面的感觉十分惬意，天地间喧响着一种欢快的声音。我忽然意识到，我此时站着的地方，正是当年的澡堂。三十多年前，也是这个时节，我从它的门口经过时，与几位刚刚沐浴完的少女擦身而过，鼻腔中霎时盈满了馥郁的气息。

一对年轻恋人迎面走来，步态矫健，笑声清朗。树叶细碎的光影，在他们的脸上肩上，跳荡晃动。一瞬间，曾经刻骨铭心的青春感受，久已消逝的美和梦想，从记忆的深处飞快地上升、浮现，就仿佛身旁正在开花的梧桐树的浓郁香味，骤然间充塞了全部感官。

我泪眼模糊。